「じゃーん！　楓くんのプールでーす」
「ぷーう！　わーい！」
JN126418
Illustration :
Ryou Mizukane

人狼社長に雇われました

～新人税理士はベビーシッター？～

墨谷佐和

イラストレーション／みずかねりょう

目次

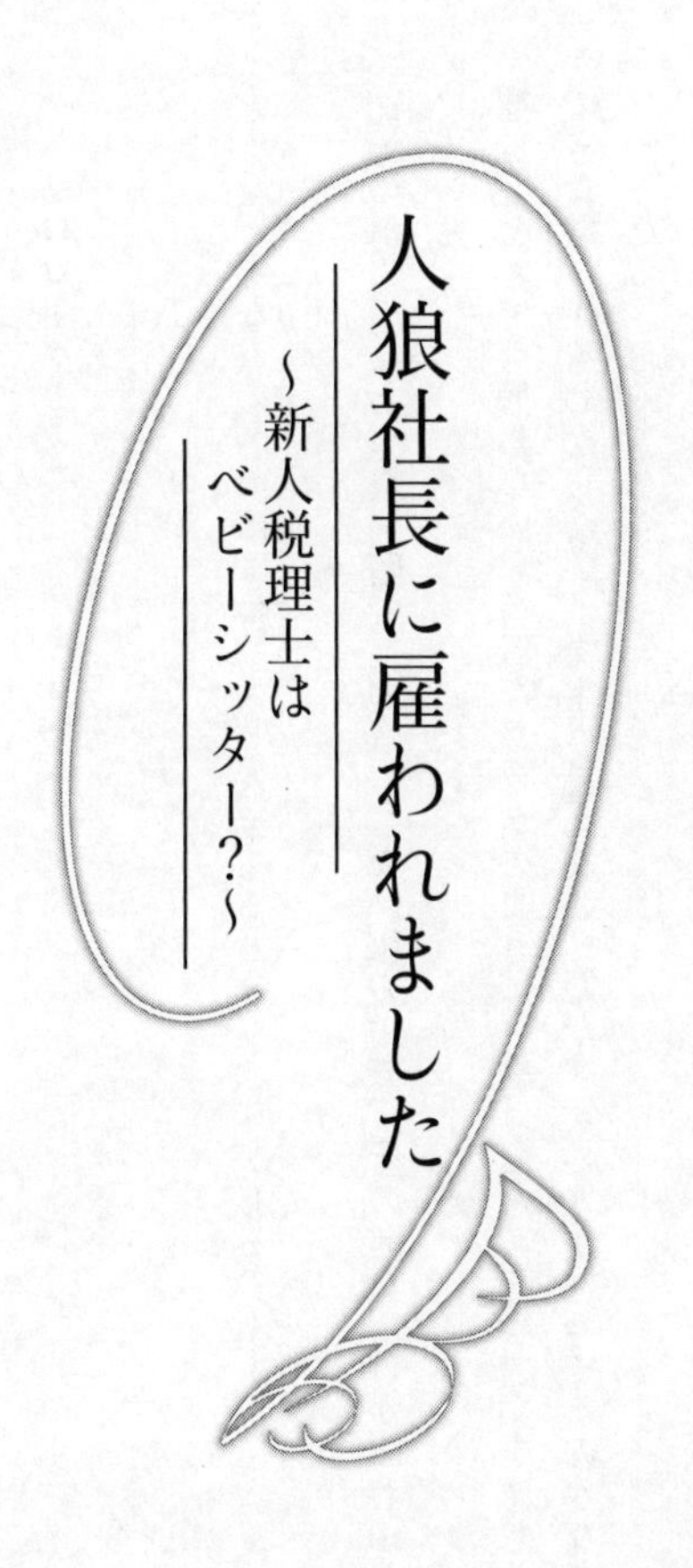

人狼社長に雇われました

～新人税理士はベビーシッター？～

プロローグ

――結、あなたの名前にはね、人と人を結ぶという意味があるの――


記憶の海に潜ると、真っ暗で何の音もしない水の中で、その言葉だけがふわふわと揺らめいている。

掴もうとしても掴めない、綺麗なクラゲのように。結はただ、その言葉を感じることしかできない。声もわからない。文字も見えない。ただ、女の人が言ってるのかなと思う。

だとしたら、お母さん？

だが、結は父の顔も母の顔も思い出せない。

結には、生まれてから十歳までの記憶がない。

――そうして、結は大人になった。「人と人を結ぶ」という名前の意味だけを携えて。

1

「えーっと、ここで合ってるよね。『天狼不動産』……と」

天空結は、慣れないスマホの地図アプリを確かめて、『天狼』と彫られた石造りの表札の横に掲げられている、社の看板をなぞった。

『天狼不動産』は、家屋とオフィスが兼用のようだが、外壁にステンドグラスがあしらわれていて、レトロな雰囲気が目を引く日本家屋だ。

山の緑と澄んだ空気、清流に囲まれた自然の中で育った結にとって、初めての都会は道が入り組み、建物がひしめき合い、空さえも小さく、呼吸が苦しかった。電車を乗り継いで、ここ郊外の閑静な高級住宅街にたどり着き、結はやっと呼吸が楽になったような気がした。

（おそらくは）両親が亡くなり、厳格な祖父に引き取られた十歳の時から、結は外に出ることを最小限とされて育った。高校には行ったけれど、大学進学は許してもらえなかった。

だが、おっとりとした結は自然に恵まれた地でゆったりと過ごすことが大好きだったし、数学が得意で、コツコツ勉強することが楽しかった。いずれ、祖父の莫大な不動産――「天空の里」と呼ばれる結の故郷のことだ――を受け継ぐことを踏まえ、大学や専門学校に行かずに、独自で税理士の資格を取ったのだ。

結は当然、その資格を祖父の元で活かすのだと思っていた。それが突然、「東京に行って、一族の系列に当たる『天狼不動産』に就職するように」だなんて――。

聞いてないよ！　と言いたい結だったが、「天空の里を守るためだ」などと言われたら。

しかも、祖父には独特の雰囲気があって、十年以上共に暮らしていても、結は彼に逆らうことなどできなかった。そしてその言葉が遺言となったのだ。

祖父の唯一の肉親だった結は、広大な「天空の里」を相続した。そして、祖父の遺言の許に、二十三歳にして初めて家を出て、都会で暮らすことになったのだ。

だが、結は超箱入り息子で、天然の世間知らずだった。スマホだって、祖父の顧問弁護士から受け取ったのが最初だったのだ。

数学が友だちだったからパソコンは超使いこなせる結だったが「小さいパソコンだと思えばいいですよ」と言われても、それならパソコンを持ち歩いた方がいいと思ったくらいに、小さなスマホは使いにくかった。

地下鉄に乗ったのも、自動改札を通ったのもビジネスホテルに泊まったのも初めて。高校は運転手つきの送り迎えだった。人に酔いながら、なんとかたどり着いた目的地の前でも、結は戸惑っていた。

そもそも、祖父の天空宗一は、一族宗家といえど、天狼の家を嫌っていたはずだ。それが急に住み込みで就職しろだなんて。

天狼不動産には天空の里の管理を任せている。その時点で、嫌な予感がする。

（でも、ここまで来たんだから！）

だが結には、外の世界で働くという第一歩を踏み出すことに不安の一方、期待もあった。長考してしまったが、結はひとさし指にぐっと力を込めて、インターホンを押した。

「おはようございます。天空結と申します。今日は……」

『今、それどころじゃない！』

なんとも失礼な、だが切羽詰まった声が答える。

『子どもがいなくなって……！』

それは大変な時に来てしまった。出直そうかと思った時、結は「どうしたの？」という子どもの声を聞いた。

二～三歳くらいだろうか。灰色みのある黒いまあるい目が結を見上げている。

「まいごたん？」

近くに子どもなんていただろうか。考えているうちに、その子はぴょんと跳んで、近くのケヤキの枝に飛び乗った。

「わっ、危ないよ！　下りておいで！」

その子は枝にちょこんと座ったまま、楽しそうにこの場を見下ろしている。見れば、黒スーツの男たちが二人、「おまえはあっちを探せ！」「はい！」と顔色を変えているところだった。

「楓ー！」

背が高い方の男が名前を呼ぶ。この子は楓っていうのか。

「えへへっ」

笑った顔がとっても可愛い。そして、二メートルはあろうかという枝に飛び乗った跳躍力もさることながら、楓には頭の上に犬や狼のような耳がちょこんと乗っており、オーバーオールの後ろからは、ふさふさとした尻尾が生えていた。

（あ……）

だが、結はそれほど驚かない。

結には、人には見えないものが「見える」力があった。たとえば、石や葉っぱの上にちょこんと乗っている、可愛い生きものたち。使い込まれ、愛された家具や道具に宿る「つくも神」と呼ばれるものたち。祖父が最も嫌った力だった。祖父の他は誰も知らないことだ。

そんな結でも、ケモ耳（と言うのだろうか）と尻尾の生えた子どもを見るのは初めてだ。彼らが探しているのはこの子だろう。天狼家にも、僕と同じような不思議な力をもった人がいるのかな。なにしろ、狼のような耳とふさふさ尻尾の生えた子がいるのだから。

「楓くん、下りておいで」

声をかけると、その子はぴょんと枝を飛び降り、結は小さな身体を抱き留めた。楓は目をまんまるにして訊ねる。

「おにーたん、かえたん、みえるの？」

「えっ？　見えるよ？」

笑って答えてから、庭の前栽の中を探している男に声をかけた。

「あのう……探しておられるのはこちらのお子さんでしょうか」

結の声に、前栽から背の高い男がすっくと立ち上がった。背が高いだけではない。逞しい上半身、引き締まった腰、黒いスーツに包まれた体躯のさまが見えるような気がして、結はぐっと目を瞑った。

彼はとても端正で整った顔をしていた。三十歳過ぎくらいだろうか、結が今まで見た人たちの中で、最も美形で、迫力のある男だった。

「君……」

男は驚いて声を発したあと、結が何かと手をつないでいるのを見て、声を荒げた。

「楓！　術を解け！」

すると、楓の周りに一瞬、もやが立って楓の姿を隠した。かと思うと、そのもやの中から楓がすうっと抜け出してきた。

「わあっ！」

これには驚いて、結はその場に飛び上がりそうになった。

「やまとくん、ごめんなしゃい」

「楓っ、心配したんだぞ！　術を遊びに使うなとあれほど……」

「このおにーたん、みつけたの」

楓に見上げられ、男はやっとその場にいる結に気がついたようだった。男はゆっくりと、低い声で確かめるように訊ねる。

「君……君にはこの子が見えるのか？」

「あ……はい」

少々ためらいながら答える。一族の人じゃないのかな？　言ったらまずかった？

（失敗した？　どうやってごまかせば……）

「なんてことだ……君は誰だ。何をしにここへ来た」

今更ながらな問いを、男は結にぶつけてきた。美しい貌の中できつめに煌めく目がとても綺麗だ。

「天空、結です。天空宗一の遺言で、こちらの税理士採用の面接を受けるようにと……」

そう言えばわかると、祖父も弁護士も言っていた。

だが、美丈夫の「やまとくん」は、結を見つめ、目を瞠ったのだった。


家屋の離れにある『天狼不動産』のオフィスで、結は「やまとくん」もとい、天狼社長による面接を受けた。楓が言った「やまとくん」こそが、ここの社長だったのだ。

だが、そのあと「ここで少し待っていてくれ」と言って天狼はオフィスを出て行き、結は応接ソファに縮こまって、面接の結果を待っていた。

面接とはいっても、祖父の宗一から話は通してあると聞いていた。だが、現在は顧問弁護士の月森（つきもり）という男（楓を探していたもうひとりの男だ）が税理士も兼ねており、人手が足りないという様子ではなさそうだった。

結は「天空の里を守れ」としか聞かされていなかったので、招かれざる客的な扱いをする、月森の醸（かも）し出す雰囲気がいたたまれなかった。

だが、一方の天狼社長の方はそうでもなく、面接の時もにこやかとまではいかないが、独自で資格を取得したことや、実務期間の内容などを質問してきた。

その間もずっと、結の足元には楓がいた。タブレットでアニメを見ながら、何やら楽しそうに笑っている。こうしていると、普通に可愛い男の子だが、耳も尻尾も生えたままだ。

自宅の一部といえど、オフィスであり、面接中である。そこに子どもがいるのは不自然に思えた。険しい顔をしてお茶を出してくれたのも月森で、ここには、社長と顧問弁護士以外に人はいないのだろうか。

『天狼大和（やまと）だ。聞いている通り、君の遠縁にあたる』

名刺を差し出された時も、その伏し目がちな表情と低い美声にぞくぞくとしてしまった。

初めて会った男の人に対して、変だとは思うが……。

（だって、今までこんなに素敵な人を見たことないんだもの。男の人でも、女の人でも）

祖父が結を世間から遠ざけたのは、結がもつ不思議な力のためだ。だがそこに、温かいものは感じられなかった。結を世間の目から守るためというよりも、やっかいごとを隠すため……それは、人間関係が極端に少ない結にもわかることだった。

それでも自分はここへ来た。遺言を守り、血縁の糸をたぐり寄せるように。

遺言を守らねば、天空の里は相続できない。あの土地が知らない誰かのものになるのは嫌だった——。

「ふー」

タブレットを見終わった楓が息をついて首を傾げる。

「やまとくん、まだまだかな」

「そうだね」

「おといね」

おとい……遅いってことかな。

「楓くん、何歳?」

「たんたい!」

「三歳かあ」

楓に返事をすると、月森がキッとこちらを睨んだ。

「天空さん、勝手に話をしないでください。楓さんも知らない男に話しかけないように」

「ちらなくないもん」

楓は反撃していたが、月森の対応はきつかった。彼は、こういう性格なのだろうか。

（いや、僕は、人づき合いの経験値が低いから、何か失礼なことをしてしまったのかもしれない）

「ちゅきもりたん、きょうのごあんなあに？」

「『ちゅき』ではありません。『つき』です」

話しかけたのにダメ出しされて、楓はしゅんと尻尾を丸め込んでしまった。

ちっちゃい子にそんな言い方しなくても……。

思わず結は月森に意見しそうになった。彼の今の言い方は亡き祖父にそっくりだったのだ。祖父に優しい言葉などかけてもらったことはなかった。

だが、その時、天狼がオフィスに戻ってきた。楓は結の足元にくっついているし、少し凍った空気を感じたのか、月森に「何か？」と問う。

「なんでもありません」

あなたにとってはなんでもないことだろうけど……ついさっき、自分が何か失礼をしたのかも、と思った結だったが、楓に対する態度には納得できなかった。

そして。

（カンのいい人なんだな……）

天狼はそれ以上何も言わず、結の向かいの革張りの椅子に座った。脚を組む仕草も、いちいちカッコいい。そして書類から視線を上げ、結を見る。

「税理士としては、新人ながら十分に働いてもらえると思う」

「ありがとうございます！」

結は目を輝かせた。自分の力を認められたことが嬉しい。だが、天狼の言葉は続く。

「結果からいえば採用だ。だが、税理士としてではなく、楓のベビーシッターとして」

「ベビー……シッター？」

初めて聞いた言葉のように、結はぽかんとして聞き返す。ベビーシッターって、赤ちゃんや子どもの世話をする仕事だよね？　そして一瞬で正気に戻った。

「どうしてですか？　僕は税理士として働くために祖父の遺言でここへ来たんです」

「だが、天空翁はもういない。それに、翁の遺言云々は抜きにして君自身の意志は？」

天狼は表情も変えない。ただ淡々と――だが真剣に向き合ってくれているのはわかる。

だから結は、懸命に自分の思いを伝えた。ついさっき税理士として十分に働けると言ってもらったばかりだからだ。

「僕は、ここで天空の里を管理しながら、税理士として経験を積みたいです」

「この状態でもそう言いきれるか？」

天狼の視線が結の足元に動き、結ははっとした。楓くんが聞いている？

三歳の子に、どこまで話が理解できているのかわからない。だが、雰囲気でわかることだってあるんじゃないだろうか。さらに、楓くんはさっき傷ついていて……。

楓は、結の足にぎゅっとしがみついた。唇を噛み「いかないで」と言いたげに目に涙をためている。

「楓はこの通り、普通とされる人の姿とは違っている。だから、家の外に出すことはできない。楓を人々の好奇(こうき)の目に晒(さら)すことなどできない」

天狼は、ふっと目を細めて楓を見る。彼の「理由」は祖父とは違う方向のものだと、結にはわかった。

「この家には、楓の他には俺と月森の二人だけだ。楓は俺の兄の子で、兄が亡くなってから、楓の秘密を知るものは、俺と、一族の月森、そして楓の産みの母の三人だけになった。だから楓を家の中に閉じ込め、俺たちが仕事をしながら楓を育てている。そんな環境、楓にとっていいわけはないだろう。君がここへ来たのは天空翁と俺たちの事情もあるが、天空の者ならば、楓のことを聞いているだろうと思ったんだ」

結は黙って聞いていた。何もかも初めて聞くことばかりだ。

「その様子では、何も知らされずにここへ来たんだな」

「『天空の里を守れ』とだけ……」

天狼は、ふっとため息をついた。

「では、最初から説明しよう。だが、楓は君を求めているし、楓のために君が必要なんだ。もちろん、始めから君をベビーシッターにするつもりでここへ来てもらったのではない。理由があるんだ。だから、君が事情をわかってくれれば、税理の実務にもできる限り携わってもらうつもりだ」

できる限りとはどれほどのものなのか。だが、天狼の言葉も表情も真摯だった。ずっと黙って聞いていた月森は、冷たく視線を逸らす。

「やまとくん」

「どうした？」

天狼は楓の頼りない声を優しく受け止める。

「ゆいくん、なくなる？」

いなくなる？　と言いたいのだろう。天狼は諭すように言った。

「それはまだわからない。彼が決めることだ」

楓は再び、結の足をぎゅっと抱きしめた。

この心の揺れはなんだろう。楓の顔を見ると、無視できない思いが心の中に湧いてくる。

だが、一時の感情で決めていいことではない。

「食事を済ませて、楓を寝かせてから話をしよう。本来なら、楓の前でする話ではない」

「わかりました」

結は天狼に従った。知らないことがあるなら聞いておきたい。答えた時、楓がにこっと笑ったのを結は見た。


「きょうのごあん、なあに？」

と楓は訊ねていたが、食事はすべてケータリングサービスで届けられているようだった。通いのハウスキーパーも入れていないということだ。

結の分もちゃんとあって、今夜のメニューは、大人は鯖の塩焼きと筍の煮物、海老しんじょの入ったすまし汁と、春野菜や木の芽の天ぷらまでついていた。それが、いかにも高価そうな薄い器に美しく盛りつけられている。楓の子どもメニューは、筍ごはんと野菜の彩り鮮やかなマヨサラダ、コーンポタージュと、デザートにりんごがついていた。

大人三人は会話もなく、もくもくと食し、楓は箸がまだ上手く使えないようだが、一生懸命食べていた。空腹だったとみえて、がつがつと威勢よく食べている。三歳の子がどれくらいひとりで食事ができるものなのか知らないが、楓の食べ方はかなり豪快なのではないだろうか。

「楓、よく噛んで落ちついて食べろ」

「だって、おいちいんだもん」

それに、と楓はスープをごっくんした。

「ゆいくん、いるし」

「あ、ありがとう……本当においしいね」

「うんっ！」

天空の家では、お手伝いさんが食事を作ってくれていた。今食べている高級デリバリーにも引けをとらなかったと思う。祖父は地産の食材しか口にしなかったのだが、それがとっても美味しかったのだ。

だが、味はいいとして、この雰囲気……天狼は楓に話しかけられれば返事をするが、月森にいたっては、美しい能面のような顔で機械的に食べ、楓の不作法を、時々冷たく睨む。

楓は毎日、こういう雰囲気の中で食事をしていたのだろうか。結は祖父に引き取られてからいつも自室で食べていたが、もう小学生だったたし、そっちの方がずっと気楽だった。

お手伝いさんが、時々こっそりとおやつを作ってくれたりもした。楓の年頃の記憶はないけれど……。

食事が終わると、楓は結に甘え、結も求められるまま、パズルや電車のおもちゃ、仕掛け絵本などで楓の相手をしたが、これが苦でないというか、結構楽しんでいる自分がいた。これまで楓くらいの子は、歩いているのを見たことがある程度だったのに。

（僕って、子ども好きなのかも……）

新たな人間関係の扉が開こうとしている。楓といい、そして、目を惹きつけられた天狼といい……人と関わることは、自分を知ることなのだと結は思った。

（月森さんみたいな人ならわりと知ってるかな）

月森は祖父と雰囲気が重なる。出会ったばかりの人をそんなふうに判断してはいけないとも思うのだが。

だが、自分が子ども好きだと思ったのと、就職の問題とは話は別だ。そのうち、結と遊んできゃあきゃあと興奮していた楓は、パズルのピースを持って座ったままでうとうとし始めたので、天狼が抱き上げて子ども部屋へと運んで行った。

天狼の表情は優しかった。表情は崩れないのだが、クールな中に優しさが滲むというのかな……そんなことを考えていたら、天狼に呼ばれた。

「遅くなってすまない。では、これから必要な話をさせてもらう。月森はもう、下がれ」

「承知しました」

頭を下げ、月森はその場を辞した。社長と社員というよりも、主従のようなやり取りだ。

(なんか変だな、この家……)

その内容をこれから聞くのだろう。薄暗くて長い廊下を歩いていたら、楓のように耳と尻尾の生えたモノたちが、恭しく頭を下げているのが見えてきた。皆、着物を着ている。実体ではなく、輪郭がぼやけているが、彼らは皆、天狼を崇めているかのように見えた。

「あ……」

思わず声を発してしまったら、天狼がさっと振り向いた。

「ああ、君は『見える』んだったな」

そしてまた何も言わずに歩いていく。一度に、これだけたくさん見えたのは初めてで驚いたが、天狼はまったく気にならない様子だった。

「あっ、あの、天狼さんにも見えるんですか？」

背中に問いかける。

「見えないさ」

彼は振り向きもせずに答えた。

「今の俺たちにはな」

長い廊下の果てに着いたのは、書庫らしき部屋だった。

畳敷きの広い和室をぐるりと取り囲むようにして、木製の書架が置かれている。税理や不動産の本はなさそうで、あるのは、和綴じの黄ばんだ紙の束ばかりだった。

その一冊を手に取り、天狼は部屋の中心にある、赤茶色の枠にレリーフが施してある、重厚な応接セットを指した。

「そこに座れ」

「はい」

素直に革張りの肘掛け椅子に座ると、天狼は和綴じの本を開いた。そこには、墨で書かれたであろう流麗な文字と、不思議な絵が描かれていた。鳥獣戯画みたいな、今にも動き出しそうな動物たちだ。

「これが何かわかるか」

天狼が指差した動物を見て、結は見たままを答える。

「犬……じゃないですね。狼、かな」

「その通り」

遠吠えしているかのような狼と、周りでひれ伏すうさぎやたぬき、きつねたちがいる。

「これは、我が天狼一族の歴史を記した書だ。天狼は昔、天空の里を含む、山里の一帯を治めた人狼（じんろう）の一族だ」

「じん、ろう？」

「人と狼と書いて人狼……つまり、狼と人の姿形、人の知識をもって生きた獣人だ」

間の抜けた結の問いに、天狼大和は、丁寧に答えてくれた。

獣人ってあれ？　アニメとかゲームによく出てくるあれ？　そして人狼って、大昔に生息したという、ツチノコと一緒に都市伝説になっているあれ？

「本当に何も知らないんだな」

きょとんとした結の反応に天狼はため息をつくが、何度そう言われても知らないものは知らないのだ。

「天空翁は何を思って、天空の最後のひとりに何も伝えていなかったんだ」

それはひとりごとのようであったけれど、結は答えた。

「僕が天空家の最後のひとりだということは聞いていました。でも祖父は、僕の不思議な力を嫌っていたから、何も教えてくれなかったんだと思います」

「不思議な力？　ああ、見えるということか」

天狼はひとりで納得し、腕を組んでふと天井を見上げる。

（ああ、その角度もカッコいいなあ……）

つい、気が緩んで天狼に見蕩れてしまう。自分のルーツがいかほどのものなのか興味はあるが、結は今、目の前にいる天狼のことを知りたいと思っていた。

「では、端的に結論から言おう。俺は人狼だ。月森も同門の人狼。そして楓もまた、天狼家のひとり。しかも先祖返りというやつで、年月を経て薄れてきた人狼の力を濃く受け継いでいる。そしておそらくは」

天狼は結を見据えてきた。その視線に思わず鼓動が跳ね上がってしまう。

「君も天空の力を強くもった先祖返りだろう。その証拠に、やつらや、術で姿を消した楓の姿までもが見える」

「天空の力って……僕が『見える』ってことがですか？」

「そうだ」

天狼は大きくうなずく。

「昔、天狼家によく仕えた、人間の一族がいた。彼らは『天』の字を与えられ、『天空』と名乗って、広大な里に一族で住まった。それが、天空の里だ」

「それが、僕が相続した……？　こちらで管理されていたんですよね。天空の里を守れと祖父は言って……」

「そうだ」

「天空翁と俺たちの間には、若干意見の相違があった。それで君を見張りのようにしてここへ寄越したんだろう。君には何も教えることなく。あの人のやりそうなことだ」

天狼は苦虫を噛み潰したような顔をする。そんな表情もまた、結の『天狼さんカッコいいポイント』を上書きする。

（じゃあ、僕はスパイだったのか）

だが、彼に見蕩れながらも、結はそう思わずにいられなかった。

苦々(にがにが)しいものが胸の中に満ちる。祖父が、結の税理士としての力を認めてくれるような人でないことは、わかっていたはずなのに。

結の思いの傍ら、天狼の話は続いていく。

「天空の一族は優秀で、特に算術に秀(ひい)でていた。天狼家の財産をよく管理し、そして、出産に関することや、乳母として子の養育に力を発揮した者も多くいた」

「それって、税理士とベビーシッターそのものですね」

結の答えに、天狼はふっと微笑む。

「上手いこと言うじゃないか」

不意に見せた彼の笑顔は、優しかった。

楓に向ける顔もそうだが、あ、こんなふうに笑うんだ、と思うと、笑顔を見ることが嬉しいというよりも、ほっとする。祖父や月森とは違う人なんだと思えた。

「天狼一族は人型を取ることに長けていた。狼型、楓のような人狼型、そして完全な人型があり、完全な人型になるには術を使う。だが、狼の力の強いものは、却って人型を取ることができず、人狼の姿のままで暮らしていた。人型を取れない代わりに、彼らは、自らの姿を消す術を使うことができた」

「楓くんが、そうなのですか？」

そういえばあの時、術を解け！　と天狼さんは叫んでいた。

「でも、僕は楓くんを見ることができました」

「天空の民は、その術を見破る力をもっていた。だからこそ、彼らは人狼族の養育係に選ばれ、立派に務めを果たしたのだ。君も先祖返りだというのは、そういうわけだ」

「……わかりました」

　そう言われれば、自分が楓のベビーシッターになるのは必然のように思えた。だが、天空の者が長けていたという算術の力も諦めたくはない。

「でも、いくつか聞いておきたいことがあります」

「言ってみろ」

「立ち入ったことで申し訳ないのですが」

　前置きして、結は訊ねてみた。

「楓くんのお母さんはどうされたのですか？　ここにはおられないということでしたが」

「楓の母はもちろん、人狼一族の者だが、いろいろあって出て行った。いや……兄が追い出したというべきか」

　実にアバウトな答えが返ってきた。いろいろあって……そこだけ聞いていると、人狼がいた時代から現代にぐぐっと引き戻される。

「他には？」

「人狼の一族というのは、天狼家の他にも、今もあるのでしょうか」

「他の一族は、やがて、力をつけてきた人間に侵略されて、ほぼ滅んでしまった」

　天狼の端正な顔に、クールな陰が落ちる。

「天狼家が細々とでも生き残ってこれたのは、まさに天空の民との共存のおかげだった。

だが、時代が進むにつれ、天空の民も人狼と関わることを嫌う者が増えていって、その最たる者が君の祖父、天空翁というわけだ。だが、散り散りになった我が同門は、この国のどこかで皆生きている。……人型を取って」

「最後の質問です」

結は緊張が高まるのを感じた。そのことを訊ねるのは、ずいぶん不躾に思えたからだった。まるで、彼らを丸裸に剥いてしまうように思えたのだ。

「では、天狼さんも、月森さんも、今は人型を取っておられる……ということですか」

「そうだ」

きりっと答えた天狼の白い歯に、鋭い牙が見えたような気がした。結は思わず息を呑む。

「普段は人型だが、気を緩めたり、寛ぐ時には楓のように人狼の姿になる。そして……」

「狼の姿になることもあるのですか」

「ある」

きっぱりと言い切る天狼……彼が狼になったらどんなに立派で美しいだろう。結が感じたのは恐怖でも驚きでもなく、ただ、それだけだった。

「だが、今の楓は力が強すぎて人型が取れず、人狼の姿でいるのがやっとだ。疲れた時などは狼の姿に戻ってしまう。眠っている時など」

「それでは保育園やこども園にあずけるのは無理ですね……」

結は理解した。楓が人型を取れない上に、うっかりすると狼の姿に戻ってしまったら大騒ぎになる。しかも、あの野性的な身体能力……ジャングルジムなど、ひとっ飛びだろう。

だが天狼は、人狼たちは散り散りとなって生きているのだと言った。

自分は外の世界のことを知らずに生きてきた。だから、人狼は都市伝説だと言われているけれど、本当は自分が知らないだけで——。

「人狼は絶滅したと人間たちは思っている。人間優位の世の中で、人狼ということが明らかになれば、見せ物になるのがオチだ。なんといっても、ツチノコと同じ認識だからな。だから皆、自分の本当の姿を隠している。知っているのは、天空翁が亡くなった今、人間では君だけということになる」

そんな——。

結は哀しくなった。立派なルーツをもちながら、皆、本当の自分を隠して生きているなんて。天狼も月森も、そして楓もまた、本来の姿を、生きるために封じ込んでいるのだ。

「君はいつから天空翁のところにいるんだ？　両親は？」

天狼は、結のことを訊ねてきた。結はぽつりと口を開いた。

「十歳の時からです。でも、両親のことは知りません。それまでどこでどう暮らしていたのかわからないんです」

「それは、記憶がないということか？」

天狼の口調は優しいと結は思った。聞いてはいけないことを聞いてしまったような、厳しいまなざしの中に、そんな戸惑いが感じられたのだ。それだけでも結は嬉しかった。

「そういうことになるんだと思います。ただ――」

気持ちが緩んだ結は言葉を継いでしまった。記憶の中にゆらゆら浮かぶ、あの言葉、祖父にも、誰にも言わなかったあの言葉を。

「『結、あなたの名前にはね、人と人を結ぶという意味があるの』って、その言葉だけが、僕の唯一の記憶なんです」

「……誰が言ったんだ」

腕を組み、天狼はとても真剣な顔をしていた。

「わかりません」

だが、結は否定しか口にできない。

「口調からして、女の人なのかなあって思います。でも声もわからないし、口調もわからない。怒っているのか、言い聞かせているのか。ただ、記憶の中に浮かんでいるんです」

誰かにこの話をする日が来るなんて思いもしなかった。血のつながった祖父よりも、かって主筋であったという、この男の方が、自分を受け止めてくれる感があった。

（きっと、いろいろな人から頼りにされているんだろうな）

人間関係が極端に少ない結にもそれはわかった。少なすぎて、ここへ来ることに疑心暗鬼になっていたのだが、自分のルーツを知ることができて、居場所を得たように感じられた。

それをくれたのが、この男、天狼大和だった。

そもそも、狭い世界の中で、結の知る人間は、みなよそよそしいか、学校のように、単に空間を共有するだけの存在でしかなかった。実務期間には、いろんな人がいるんだなあ、と勉強にはなったが、それは仕事の世界の範疇を出るものではなかった。

（なんだか、雛鳥（ひなどり）になって刷り込まれていってるみたいだ……）

雛鳥の結は、この世界で初めて自分に興味を示し、真剣に向き合ってくれた男にするすると刷り込まれていく。

「……なんだ？」

天狼の顔を、結はぼーっと見つめていたらしい。彼は怪訝そうに訊ねてきた。

「天狼さんって、親鳥みたいだと思って……僕は今、まさに生まれたような気がします」

「なに言ってんだ。俺が親鳥なら君は雛鳥か」

「はい！」

我ながらとんちんかんな答えを、真面目に受け止めてくれる。天狼が親鳥でありながらも、結は胸がときめくのを止められなかった。

こうして結は、人狼一族、天狼家のひとり、三歳の楓のシッターとして住み込みで働くことになった。いや、結の中ではあくまでも「シッター兼税理士」なのだけれど。

楓の相手をしながら、税理士として学んだり、天狼や月森の補佐的なこともするのだろう。

2

最初、結はそう思っていた。だが、それは甘かったということを、結はすぐに思い知ることになった。

楓はとにかく動き回る。跳ね回る。先日は静かに絵本を見たりパズルをしたりしていたのに、結という遊び相手ができたことで、テンションがマックスになってしまっているようなのだ。

「多少の生傷はかまわない。この年齢の子なら普通だろう」

天狼がそう言ってくれたので少し安心したが、大切な一族の跡取りだ。大きな怪我でもさせたらと、結は終始ひやひやしていた。

とにかく、さすが狼の血を濃く受け継いだ先祖返りというだけあって、初めて会った時にも思ったが、すごい身体能力なのだ。屋敷の広い庭が楓の遊び場だが、木の枝を飛び移り、屋根を走り、池を跳び越える。

「ここまでおいでー！」

楓は嬉々として結を呼ぶ。楓は鬼ごっこのつもりでも、ただでさえ超インドア派の結が追いつけるはずがない。こういうことになるなら、天空の山や谷でもっと遊んでおけばよかった。

「よーし！　今度はつかまえるぞっ！」

「わーい！」

「まてー！」

「おにたんこちら、ここまでおいで！」

楓はそのやり取りが嬉しいのだ。にこにこと輝くような笑顔の楓を見ていたら、へとへとになりながらも、結は楓を一生懸命追いかけずにはいられない。

そして、楓は捕まえてほしくなると、急にスピードを落とし、木の陰に隠れたりする。

そんな時は、大抵、狼の尻尾がふさふさっと見え隠れしていて、なんとも言えず愛らしい。

「あれー、楓くん、どこかな？　どこ行っちゃった？」

楓が隠れているのを知っていても、結は敢えて周囲を探す。東屋の中を覗いたり、他の木の周りを探したり。すると、決まって嬉しそうな声が聞こえてくるのだ。

「かえたん、いまちぇんよー！　どこにもいまちぇんよー！」

「ああ、ゆいくん困ったなあ。どうしたらいいいんだろう」

「かえたん、ここだよー！」

隠れていた楓が飛び出してくる。結はその姿をぎゅっと抱きしめて叫ぶのだ。

「よかったあ！　かえくん見つかったよう！」

そんなことを繰り返して満足すると、楓はやっと家に入る。そしておやつ（これも高級ケータリング）を食べたり、こてんとお昼寝に突入したりするのだ。

耳と尻尾の人狼の姿を取り続けることが疲れるのか、楓は眠っている時は狼の姿になることが多い。黒がかった灰色の毛がもふもふしている、小さな狼だ。身体を丸め、尻尾をくるんと巻いている姿なんて、愛らしいが過ぎる。

（なんて可愛いんだろう……）

天狼をかっこいい、素敵だと思うように、結は楓が可愛くてたまらない。天空の里で半獣の姿のものは見たことがあるけれど、あ、可愛いと思うだけで、こんな感情は湧かなかった。

その感情の名前は「愛らしい」「愛しい」だ。

（両方、愛っていう字を書くんだな……）

素敵だな、と思う。天狼のように、楓もまた、結に「愛しい」を刷り込んだ親鳥なのかもしれない。ちっちゃな親鳥だけど。いや、二人とも鳥じゃなくて狼なんだけど！

（面白い！）

そんなことにもおかしくなってしまう結だ。ここへ来て、楓のシッターになって、本当に笑うことが多くなった。

「やまとくん、かえたんね、ゆいくんだいちゅき！」

楓も、天狼にそんなふうに言ってくれる。そのたびに天狼の精悍な表情は柔らかくなる。

「そうか。それはよかった」

このくらいの子はこうなのだろうか。楓が同じことを何度言っても、天狼は必ずそう答えてやる。

「楓がこんなに懐くとは、ありがたい限りだ。さすが天空の先祖返りだな。君たちには時を超えて引き合うものがあるんだろうな」

そう言って、結に向ける目も優しい。きつめの男前が微笑む破壊力はこんなにすごいものなのか。

（天狼さんと、もっと話してみたいな……落ちついたら税理士の勉強も……）

ちび狼に変化した楓が丸くなって眠っているのを見守りながら、そんなことを思うひときが好きだ。もふもふの尻尾に触れて、ふと、幸せだな、と思う。

天空の里は大好きだったけど、それは当たり前に目の前にある景色で、大好きと幸せは結の中で結びつかなかった。だが、今は違う。

(眠くなってきた……)

楓の規則正しい寝息を聞いていると、眠気に誘われる。ある日、結は楓のベッドに寄りかかって眠り込んでしまった。

(寝ちゃってた?)

ふと目を覚まし、身体にブランケットがかけてあることに気づく。

(天狼さんが?)

月森ではないだろう。天狼しかいない。結はブランケットに顔を埋めた。頬がかあっと熱くなってきて、そうせずにはいられなかった。

そんなふうに、ときめきと癒しを得た結だったが、月森はやはり苦手だった。相変わらず口調もアタリもきつく、楓の遊ばせ方にも、ざくっと意見をしてくる。

「結さんは楓さんを自由にさせすぎです」

「多少の生傷はかまわないと社長が仰ったので」

「我慢をさせることも大切です」

最初こそ追いかけるのに精いっぱいで他のことなど考えられなかった結だが、楓と信頼関係が築けつつある（と、思っている）今は外から見えるかもしれない屋根に登ったり、池のまわりでは飛び跳ねたりしないことを言い聞かせている。もちろん、屋敷の外に出ることがダメなのは言うまでもない。

家の中で遊ぶ時は、仕事の邪魔にならないようにオフィスには近づかないこと、階段の手すりを滑り台にしてはいけないことなどを言い聞かせている。楓だって、少しずつ守れるようになってきているのだ。

月森からすれば、庭は散歩程度、家の中では静かに絵本を読むなどすべきだと思っているのだろう。だが、今の楓を抑えつければ、その分ストレスが溜まってしまうに違いない。

「はい、気をつけます」

彼の威圧的な雰囲気に、結は反論も自己主張もできない。けれど、楓がいる前で結を叱責し、そして楓にも説教をするのはやめてほしいと思う。そんな時の楓の目は淋しげに曇る。そして、あとから決まってこう言うのだ。

「ゆいくん、ごめんね。ちゅきもりたん、おこだったね」

「ううん、楓くんのせいじゃないんだよ」

結は楓をぎゅっと抱きしめる。どうしてこんなことができるんだろう。今まで、他の人とは握手もしたことなかったのに。もちろん、抱きしめられたことも抱きしめたこともないのに。

今日もいつものように怒られ、おまけに雨が降ってきたので、二人はしゅんとして、木製の平たい積み木で遊び始めた。楓の部屋ではなく、リビングだ。ここが一番、広々として遊びやすい。

さて、この積み木はよくある積み木とはちょっと違う。なんの変哲もない薄い板が箱に詰まっていて、すべてが同じ色で同じ形だ。だがこれが面白くて、楓だけでなく、結もハマってしまった。

積んだり並べたり、斜めに立てかけたり、ドミノみたいにしてみたりと、遊び方は無限大だ。大人ならば美しい紋様を作ることもできるし、楓はとにかく高く積むことが大好きだ。当然、リビングなどは足の踏み場もないほどに散らかることもある。

「他の人も入る場所です。あまり散らかさないように。いいですね、結さん、楓さん」

月森は結のことも、田舎から出てきた何もできない子どもだと思っているのだろう。最近、楓とセットで叱られる。何もできないのではなく、機会を与えられなかったのだ。

言葉をぐっと噛みしめる一方で、結自身、楓くらいの頃の記憶がないから、最近、子どもとの接し方についていろいろと調べたり学んだりしている。この積み木も……。

「その積み木、すっかり楓のお気に入りだな」

「やまとくん！」

そこへ現れたのは天狼だった。オフィスのバリスタマシンがメンテ中なので、キッチンまでコーヒーを淹れにきたのだろう。月森もそうで、それですっかり捕まってしまったのだが。

「やまとくん、みてみて！」

楓はさっそく、嬉しそうに大きく尻尾を振りながら、天狼の手を取って、自分が積んだ木の板を見せた。天狼は楓の自慢のタワーをちゃんと見てやる。

「もう楓の背より高いじゃないか。どうやったんだ?」

その目が結に向けられたので、結は胸をドキドキさせながら説明した。

「どうするかな……って見てたら、自分で洗面所の踏み台を持ってきて、乗って積んだんです！　びっくりしました！」

楓は自分で考えたのだ。子どもってすごいなと結は思った。考え、自分なりに問題を解決したのだ。

「へえ、やるじゃないか、楓」

「やまとくん、かえたん、しゅごい？」

「ああ、すごい」

天狼は言葉は少ないが、ちゃんと楓のがんばりを認めて、大きな手で頭をがしがしと掻いている。楓は嬉しくて、狼の耳をぴくぴくさせた。

「正直、私にはそれの何がすごいのかわかりません」

和やかな雰囲気に水を差したのは月森だった。

「ただ、板を積んだだけじゃないですか」

これには黙っていられず、結は思わず言い返してしまった。

「それが、楓くんくらいの子には必要だし、すごいことなんです」

結が言い切ったからだろう。月森は冷ややかに結を見た。でも、でも、僕は……！

「天空は、子どもとの接し方や、玩具とか絵本のことを調べたり、学んだりしている。楓のためにな」

（えっ）

天狼は楓を抱き上げ、安心させるように頭をポンポンと叩き、月森に向けて答えた。

楓はぎゅっと天狼の首にしがみつく。天狼は笑顔ではなく、いつもの厳しめの表情のままだが、声は穏やかだった。結は目を丸くする。

（天狼さん、知って……それで今、もしかして庇ってくれた……？）

その通り、楓が何か夢中になって遊べるものはないだろうかと、結はネットでいろいろ調べた。パパママたちの情報サイトみたいなところもあれば、通販サイトでレビューも読んだ。その道の権威の論文なども読んだ。

それで、保育者養成用のテキストや発達心理の本と一緒に、この積み木もよさそうだなと思い、何冊かの絵本も合わせて、買っていいかと天狼に訊ねたのだ。自分は雇用されている身であり、天狼社長が楓の親代わりなのだから。加えて結は、ネットショッピングは初めてだった。クレジットカードはもちろん、銀行口座も相続に必要だったから、今回初めて弁護士と一緒に作ったくらいなのだ。

『箱入りにもほどがあるな』

天狼は苦笑しながらも、親切に、丁寧にいろいろ教えてくれた。

『デパートで、直接買ったらどうだ？』

『いえ、楓くんと離れられませんし、人が多いところは気後れして疲れるんです』

『わかった。そして当然だが、このカプラとかいうやつは楓のものだから俺が買う。その本も、シッターの経費として……』

『本は自分で買います！』

(僕が学びたいことだから……)

天狼は「わかった」とうなずいた。結の強い思いが通じたのだろう。

僕は子どもが好きなんだ。結は思う。子どもは楓しか知らないけれど、毎日楓を見ていると、その好奇心や探究心に驚かされっぱなしなのだ。そして、昨日できていたことが今日できるとは限らなくて、かと言えば、ふっとできるようになることがある。それが面白かった。

今まで親しんできた数字の世界と違って、子どもは日々、違う姿を見せていく。それを発達と呼ぶのだと知った。この頃の記憶がないからこそ、記憶のない子どものころの自分を知るような感じもして、もっといろいろ学びたいのだ。

「玩具など、タブレットがあればそれでいいではないですか」

なぜだかわからないが、結に対する月森の目も声も、さらに冷たくなっていた。

「いえ、あの、タブレットもいいですけど、それだけでは――」

もうやめておけ、というように、天狼が結を目線で制する。それは、結を包み込むようなまなざしだった。僕の……僕の思い違いかもしれないけど、でも。

「おまえもどうしたんだ。ムキになって。月森らしくもない」

「……社長こそ、変わったんじゃないですか？　彼が来てから」

月森はコーヒーカップを持って背を向けた。

「オフィスに戻ります」

「悪かったな」

月森の背を見ながら天狼は呟いた。

「僕は、嫌われているんでしょうか……」

自分の人づきあいスキルが低いことを思い、結は思い切って……というか、甘えるような感情で天狼に打ち明けた。

「いつも、月森さんに怒られて……」

言いつけているみたいで嫌だと思う。だが辛いのだ。祖父に威圧されているみたいで。

「あいつは元々、ああいう物の言い方をするやつだ。だが――悪かったな。気づいてやれなくて。俺からもよく言っておく」

天狼の大きな手が伸びてきたかと思うと、結の髪を楓にするように、くしゃくしゃとまぜる。

（うわっ、なにっ？）

「やっぱり楓とは触り心地が違うな……そうだな。人間なんだから」

突然のスキンシップにパニック寸前の結の心など知らないだろう、天狼はひとりごとのように呟く。

「楓については、本当によくやってくれている。今まではタブレットやスマホが遊び相手だったからな。いたずらで姿を消す術を使うこともなくなった。兄夫婦がいたら、経験できていただろうことをさせてやれなくて、いつも楓には申し訳なく思っていた」

寝てしまった楓の背を、天狼は優しくさする。その仕草に、結の胸はきゅんと痛んだ。

3

雨の日が続いている。まだ梅雨には早いだろうに、結はため息が出る。

今の楓によさそうな玩具や絵本を揃え、楓は室内でも落ちついて遊べるようになってきた。アニメもお気に入りができて、集中して観ることもできるようになった。

先日は、雨の合間に初めて砂場で遊んだ。天狼の許しを得て、庭の隅に作ってもらったのだ。

大喜びで砂と水に戯れた楓は、最後は嬉しすぎて狼の姿に戻ってしまい、ごろごろと砂の上を転げ回った。あとで洗ってあげた時、身体をぶるぶるっとさせて水気を飛ばす姿が可愛くて。

「もっと、しゅなであしょんでもいい？」

タオルでごしごし拭かれながら聞いてきた楓の目の輝きに、結も目をきらきらさせて答えた。

「もちろん！　明日もしようね」

「あした？」

「今日、一回寝たら明日だよ」

「わーい！」

　そして、人狼の姿に戻った裸のまま「やまとくん」に今日、どれだけ楽しかったのかを報告している。天狼はバスタオルでくるんだ楓を膝に抱き上げて、尻尾を拭きながら、「よかったな」と話を聞いてやり、結にも「ありがとう」と目線を送ってくれた。

　天狼にときめきつつ、さらに結の心は温かさで満たされる。

（社長って、ほんとに楓くんのことが可愛いんだな……）

　楓を大切にする天狼は素敵だと思う。結の心の中に、今まで知らなかった感情がまた降り積もっていく。

（明日はスコップで遊ぼう）

　どんなに喜ぶだろう。そんなふうに明日を楽しみにしていたのに、それからずっと雨なのだ。

「しゅな……」

　楓も恨めしそうに窓の外を眺めている。

「明日はお天気になるように、てるてる坊主作ろう」

「てるてるぼーず？」

「うん、この人形を窓のところにつるして、明日いい天気になーれってお願いするんだよ」

結があらかじめ作っておいた、てるてる坊主たちに、楓は豪快に顔を描く。普通のお絵描きにも飽きたところだったから、喜んで描いていた。

結がてるてる坊主なるものを知ったのは、小学生の時だ。遠足の前の日に「てるてる坊主を作りましょう」ということになって、結は周りの子が「はーい！」と元気に返事をしている中で、自分だけがそれを知らない……ということを知った。あの時のなんとも言えない疎外感は今でも鮮明に覚えている。

懸命に、周りを見ながら真似をして、知っているふりをした。あれが、これから積み重なっていく「知らない」ことの多さを思い知る始まりだった。

（なくした記憶の中では、僕もてるてる坊主を作っていたのかな……）

――誰と？

記憶の海にはまり込みそうになった時、楓が「できた！」と意気揚々と見せてくれた。豪快に描きなぐってはいるが、それは笑い顔だと結にはわかった。

「すっごくにこにこしてるね！　これでおひさまも出てきてくれるよ」

「やまとくん、みしぇるの！」

「お仕事中はダメだよ」

言い聞かせると、渋々ながら楓は承知した。この頃、こうして約束を守ることもできるようになってきた。それまでは月森に頭ごなしに叱られることが多く、天狼も言葉が少ないので、言い聞かせられるということがなかったのだろう。結は、子育てハウツー本や、保育者のための指針書などを読んで思った。

お絵描きもしたことがなかったようで、初めてクレヨンを握った時は、がーっと描きなぐっていた。赤ちゃんの頃のそういう経験がなかったから、そこから始めているのだと知った。結も数学の面白さは学校で知ったが、遊ぶことの経験値は圧倒的に少なかった。

（記憶を取り戻せたらいいのに）

「もっと、ぼーずかくの！」

楓のために、次々とてるてる坊主を作りながら、結は考える。楓と一緒にいると、亡くした記憶の中にある自分の幼い頃を体験しているようで、もっとその核心に迫りたくなってくるのだ。

「ぼーず、ぼーず！」

「ちょ、ちょっと待って」

顔を描くのが速くて、作るのが追いつかない。もの思いに沈んでいる暇はなかった。

そして、大量に作ったためにリビングの窓だけでは足らず、てるてる坊主はキッチンカウンターや、階段の手すりにまでつるされた。

(ハロウィンみたいだなあ)

楓の描いた「ぼーず」の顔はどれも豪快で、口元から血を流しているように見えるものもある。にぎやかなその様子を観ても、天狼は笑って、楓を叱ったりはしなかった。

スマホをちらりと見て、天狼が確信めいた口調で告げ、答える。

「これで、明日は晴れ間違いなしだ」

「ほんとー?」

「ああ」

結は天狼の目線に捉えられる。スマホの気象アプリをちらりと結に見せながら、彼は不遜な目で笑っていた。心の準備がなかった不意の目線に、彼の表情に、結はぞくっとしてしまった。身体中の毛が逆立つような——。

(な、なに?)

戸惑いながらも、笑ってうなずく。それは、いつものような胸がきゅんとするようなものではなく、もっと、もっと——。

その感覚の名前を結は知らない。天狼に出会ってからも、結の知らない感情は積み重なるばかりだ。だが、それは楓と共有するような体験ではない。まったく違うものだ。

「おふろ、やまとくんとはいうの」

「いいですか？」

「ああ」

「じゃあ、準備してきますね」

混乱しそう……今の感覚をもっと味わいたいような思いが押し寄せ、結は逃げるようにして、楓の着替えを取りに子ども部屋へと急いだ。


楓の願いが通じ、（気象アプリの予報通りに）翌日は雲ひとつない晴天（せいてん）だった。

「おてんきー！」

楓は喜んで外に飛び出していく。待ちに待った外遊びとあって、そのテンションは最初からかなり高めだ。

「帽子被らなきゃ！　楓くん！」

結が追いついた時には、楓は既に砂場で砂をまき散らしながら、素手（すで）で穴を掘っていた。

楓は興奮したり我を忘れたりすると、人狼型を保てなくて狼の姿に戻ってしまう。そうすると、野生の勢いは結には止められない。その姿のままで外に飛び出してしまったりしたら大変だ。

「ゆいくん、おみずー！　おみず！」

「ちょっとまってー！」

砂場で水を使いたくて楓は尻尾を振り立てて催促している。

少し落ちつかせなくては。結はホースを持って水道から砂場へと走る。だが勢いが止められない楓は「おみずーおみずー！」と騒ぎながら、くるんと回ったかと思うと、ちび狼の姿に変化（へんげ）した。

ああ、また服が……外遊び用の古いTシャツといっても、狼に変化するたびに、着ていた服は弾けたり破けたりしてダメになる。楓はその姿のまま、砂場の周りをぐるぐる駆け回ったあと、結に向かって駆けてきた。

「池、池、気をつけて！」

だが、結が叫ぶより早かった。

勢い余った楓は、つんのめったかと思うと、そのまま池にまっさかさまに——。

「楓くん！」

威勢のよい水音にかき消されながら、結は叫んでいた。そして、池に飛び降りる。飛び込むなんてカッコいい真似はできなかったが、とにかく楓を助けなきゃと池に入った。

（うそ、深い！）

泥さらえをしなければと天狼が先日言っていたところだ。汚泥が積もった池の底は着地した結の足をずぶずぶと引きずり込んでいった。

「か、楓、くんっ！」

「ゆいくんっ！」

犬は泳げるが、狼も泳げるらしい。楓は前足を一生懸命に動かしながら結の方へと泳いできた。濡れた身体のままで一生懸命に。そして結は思い出していた。小学生の時の着衣水泳、それは、身体にまとわりつく濡れた衣服が、いかに身体の自由を奪うものかを知る訓練だった。

だが、あれは足がつくプールだった。だが今は……！

「た、たす……」

助けてと叫ぼうとした口に容赦なく水が入ってくる。気管に入ってむせ返る、息が、息ができない……！

「アオーーーーーン！」

楓が遠吠えをした。それからすぐに、天狼の声が聞こえた。

「どうした！」

バシャンと大きな水音がしたかと思うと、結は大きな腕に抱き留められていた。

「しっかりしろ！」

「しゃ、しゃちょ……」

夢ではないのか。天狼が助けに来てくれた。彼は結を片腕に抱え、池の岸まで泳ぎ着く。その間、結は半分気を失っているような状態で、ぐったりしていた。その後ろを、楓が犬かきならぬ狼かき？　でついてきていた。

「ゆいくん……」

「大丈夫だ。気を失っているだけだ」

そこへ月森も駆けつける。

「なにやってるんですか、あなたは！」

「溺れかけたやつに言うな！」

やり取りしながら月森は手を貸し、結は池の側に引っ張り上げられる。仰向けに寝かされたかと思うと、首の後ろをくっと持ち上げられ、天狼に口から直接、息を吹き込まれた。

その反動で、気道に入っていた水がごほっと噴き出す。そしてもう一度……結は咳き込みながら、（て、てんろうさん……）と名前を呼んでいた。

初めてのキス。人工呼吸だけど、初めてのキス。いや、人工呼吸だってば……！

「て……」

「大丈夫か、苦しくないか？」

太くて綺麗な形の眉が寄せられ、真剣な瞳が結を見つめている。知らず、しがみついていたシャツはもちろん濡れていて、結の顔にも、濡れ髪から雫が落ちた。

「だい、じょうぶ、です……すみませ……」

切れ切れで答えると、天狼は月森を振り返った。

「救急車を呼んでくれ、それから、楓を中に入れて着替えさせて」

月森は、ため息をついてスマホに向かう。人狼型に戻っていた楓は、目をうるうるさせて結に縋りついてきた。

「ゆいくん、ゆいくん、しぬの、やー」

「し、しないから……」

弱々しく答えて濡れた髪を撫でると、真っ裸の楓は、耳と濡れた尻尾を震わせて泣きだした。

「あーん！」

「すみません、僕、泳げないこと、忘れてました……」

「忘れるな！　そんな大事なこと！」

叱られたあと、天狼は結を抱き起こし、一瞬、ぎゅっと抱きしめた……抱きしめられたような、気がした。

「なんて危なっかしいヤツなんだ……ほんとに……」

天狼は唇を噛む。

「救急車はまだか！」

「あの、大丈夫、です、きゅうきゅうしゃ、なんて」

「汚れた水を飲み込んだんだ。感染の恐れがある」

「大げさな。それに、目立つではないですか」

「おまえは黙ってろ」

天狼に言われて結を見た月森の表情に、結はぞっとした。濡れた身体の冷たさに、精神の冷たさが上乗せされて。結はぶるっと身体を震わせた。

まるで凶器のように結を貫く三白眼。表情を映さない顔……そのすべてが憎悪に思えた。

（なんで？　月森さん……）

今までも嫌われているのだとは思っていたが、こんなに憎しみを見せつけられたことは

ない。結は思わず、天狼の濡れたシャツにしがみついていた。

「行きますよ、楓さん。どうやら我々は邪魔なようだ」

「いやーの！　ゆいくん！」

嫌がってばたばた暴れる楓を肩に担ぎ上げ、月森は家の中へと入っていった。


やがてサイレンを鳴らしながら、救急車が到着した。

（一緒に来てくれるんだ……）

天狼がつき添ってくれて、結は心から安堵した。天狼は救急隊員に端的に状況を説明し、結はいくつか質問をされて処置を受けた。

「意識がはっきりしていてよかったです。応急処置が完璧でしたね。あまり水も飲んでいないようですが、念のために病院に着いたら検査します」

その通り、病院ではあっちへ行ったりこっちへ行ったり、いくつか検査を受けて医師の診察を受けた。そして、結果を待つ間、カーテンでこじんまりと仕切られた空間の中で、狭いベッドに横たわった結は、天狼と二人きりになった。

せわしない鼓動が聞こえてしまいそうな空間だ。おそらく何も問題はないでしょうと言われたのに、どうしてこんなに鼓動が早いんだろう。結は身体を縮こまらせて、心臓の音を抑えようとした。

そのすぐ側で、ほうっと、天狼は心から安堵したように息をつく。結は細々とした声で天狼を呼んだ。

「すみません……僕の不注意のせいで。お仕事を中断させて」

「君は楓を助けようとしたんだ。こちらが礼を言わねばならない。それに、仕事より命の方が大切だ。そんなことは気にするな」

命の方が大切……それは一般論かもしれない。だが、天狼の一般論の中に自分が入っていることが嬉しい。そして、結は天狼の真摯な視線を感じて、目を瞠った。彼は、とても真剣な顔をしていた。

(ああ、やっぱり、そういう顔がかっこいいなあ……)

目を見つめられ、結はそんなことを考えていた。天狼は、ぐっと唇を引き結び、頭を下げた。

「楓を守ってくれてありがとう——」

「あ、あの、でも楓くん泳げたんですよね。けっ、結果的に守ったとは言えな……」

「いや、守ろうとしてくれた。それが真実だ。楓は天狼のひとりだ。俺たちの大切な希望だ」

天狼さんは、楓くんのことを本当に大事に思っているんだ。

そう思うだけで胸が痛くなった。よかった。天狼さんの大事な楓くんを守ることができて。いや、守れてないけど。

そして、自分もこんなにも楓のことが大事なのだと、愛しいんだと、結は身に沁みるように思った。

厳しかった天狼の顔は優しく綻んでいた。あ、わかった。目が細められると本当に優しい顔になるんだ――。今まで、こんなにも笑顔を見ることができてうれしいと思った人はいなかった。天狼さんと、楓くんと……。そして、ふと思う。

「あの、社長」

「ん？」

天狼は物憂げに顔を上げた。その表情にも見蕩れつつ、結は気づいたことを訊ねてみた。

「楓くんの具合が悪くなった時は、どうしているんですか？　熱を出した時とか」

「ああ、医者に診せられるのかということか」

「はい」

「今のところ、ほとんど風邪をひいたこともない。先祖返りだから、狼の頑健さをより受け継いでいるんだろう。だが、もし具合が悪くなった時は俺が診る。俺は兄のあとを継ぐまでは医者だったんだ」

「……そうだったんですか」

結が驚きを口にすると、天狼はさらに説明した。

「人狼族は散り散りになった一族だ。だが、楓のような子どもに限らず、人狼族の身体を診る医者は必要だ。だから、人狼族が病気になったり怪我をした時は、日本各地に散らばっている、人狼族の医者たちに連絡を取る。俺もそのひとりだ」

「でも、それでは一刻を争うような時には……」

「そうだ。人狼族の医者の少なさは深刻な問題だ。昔は、医術や薬を扱ったのは天空の者たちだったというが……今は時代が違うからな」

天狼はしんみりと話を結んだ。なんだか寂しそうだな……と結は思う。

「じゃあ、僕も医者だったらよかったですね。医学部に進んで……でも、大学には行かなかったから」

正確には「行く必要はない」と言われたのだ。そういうふうに言われるのはもう、慣れていたし、結自身、人離れしすぎていて、独学の方が気楽でいいと思った。それなのに今、どうして医者にならなかったのだろうと思うのだ。天空の任を受け継いで……。

「なんて顔をしてるんだ。それは君のせいじゃないだろう」

「でも、僕は天空の末裔で、えっと先祖返り？　だったのに」

　なんだか拗ねて甘えてるみたいだ。これじゃ天狼さんに嫌がられてしまう。だが、天狼は結の思いを受け止めてくれた。

「君は天空の血を継いで数字に長け、そして乳母や世話係の役目もしっかりこなしている。税理士として働いてもらわなかったのは悪いが、俺は楓のシッターとして君以上の者はいないと思っている。その決断をした自分の先見の明を褒めたいくらいだ」

「そんなふうに思っていてくれたんですか……？」

「ああ」

　短い返事の中にも天狼の思いはしっかりと込められていて、結はそれを感じることができた。だが、天狼はさらに結の心を揺さぶってくる。

「君は、本当に真っ白だな」

　今度は言われた意味がわからない。目を丸くした結の顔を、天狼はじっと見ている。

「天空の家に閉じ込められて育ったと聞いたが……天空翁のそのやり方は納得できないけれど、君は俗世に染まっていない。物事も、感情も、知らないことが多い。それが俺は眩しくもある」

「眩しい……？」

「話せば長いが、人狼族として生き残ってきた俺たちは、ヤバい橋も渡ったし、心を削ったことも何度もある。だから、まっさらな君や楓が眩しい、そういう意味で、天空翁は結果的に君を純粋培養したと言える」

純粋培養？　眩しい？　彼は何を言いたいんだろう。だが結の感情は正直に頬を赤くする。結はなんとか答えを絞り出した。

「苦労されたんですね」

「苦労というか……」

天狼は苦笑する。かなり苦みのきつい笑い方だった。天狼の笑顔が好きだ。でも、今の笑い方は辛い。

「でも、僕は社長が眩しいです！」

うずまく思いでいっぱいになった結の心から、言葉が押し出された。

「俺が？　なんで」

「かっ、かっこいいから！　社長は僕が今まで見た中で一番かっこいい人なんです！」

ああ……言ってしまった。だがもう遅い。何を言われたのかわからなかったのだろう。

天狼は目を瞠り、結の顔を見つめ返してきた。

（うわあああ）

「それはどういう――」

「お待たせしました。天空さん。診察室へどうぞ」

明るい看護師さんの声に、二人のやり取りは強制終了となった。

4

検査や診察の結果に異常はなく、結は入院せずに帰れることになったが、天狼はそのまま出かけなければならず、帰りは二人別々になった。

「ひとりで大丈夫か？」

結が乗り込んだタクシーの窓へ、天狼が声をかけてくる。

「大丈夫です」

元気に答えるが、天狼は心配そうな表情のままだった。

「帰っても無理はするなよ」

「はい。ゆっくり横になってます」

やっと天狼が納得し、結はひとりでタクシーに乗って天狼家に帰った。

（社長、過保護すぎるよ）

くすっと笑って、それが自分に向けられたのだということに気づき、今度は頬が熱くなる。そうして家に帰ったら、楓が「わーん！」と泣きながら出迎えてくれた。

「ゆいくーん！」

「ただいま、かえくん」

「ごえんね、ごえんね、かえ、もう、じぇったいに、おいけにおちないよ」

「僕の方こそ、泳げないのに池に飛び込んで迷惑かけちゃったんだ。楓くんのせいじゃないよ」

ぎゅっとしがみついてくる楓の涙でシャツが濡れる。こんなに心配してくれてたんだ……たまらなくなって楓をぎゅっと抱き返したら揺れる尻尾が手をくすぐって、あったかい気持ちになった。だが――。

月森が現れる。また憎悪を向けられる……結は身構えてしまった。

「これからはこのような騒ぎは起こさないようにしてください」

「ちゅきもりたん、ゆいくんいじめたら、だめっ」

楓が果敢に結を背に庇う。

「いじめていませんよ。楓さん。注意していただけです」

「ちゅーいも、だめっ！」

注意という言葉の意味はわかっていないだろうが、楓は尚も結を守ろうとした。

「それは困りましたね」

そしておもむろに結の方に向き直る。

「あなたが世話係になってから、楓さんは我慢ができなくなってしまったようだ。前はもっとお利口だったのに」

「……それはっ」

それはあなたが抑えつけてきたからだ。三歳の子にとって、当たり前の自由を奪ってきたからだ。

祖父に抑えつけられていた自分と重なる。だが、結はそれ以上言わなかった。だが、いつか絶対に言ってやる！ 楓くんのいない所で。

「とにかく、しばらくおとなしくしていてください。楓さんも、あなたも」

月森は捨て台詞を吐いてその場を立ち去った。置き去りにされた楓は、自分なりに屈辱を感じているのだろう。わなわなと耳と尻尾を震わせ、可愛い唇を噛みしめている。結は楓を抱き上げた。

「楓くん、ありがとうね。僕を守ってくれて」

「ちゅきもりたん、きあいっ！」

「そんなふうに言ったらダメだよ」

楓の気持ちはよくわかる。だが、何かがすれ違っているだけで、月森は月森で楓を大切に思っているのだと信じたかった。

頬をぷくっと膨らませた楓に頬ずりをする。

「結くん、ちょっとお昼寝したいんだ。一緒に寝よ？」

「かえ、とんとんしてあげう！」

「嬉しいなあ、楓くんのとんとん。尻尾もふもふもしてほしいなあ」

「もふもふも、いーっぱいしてあげう！」

にこにこと、すぐに機嫌の直った楓を抱っこしたまま、結は自分の部屋へと入った。


それから数日、毎日は穏やかに過ぎた。

病院で、天狼にすごいことを言ってしまった結だったが、天狼はあれからその件について何も言わなかった。避けることも意識することもなく、完全にいつも通りだ。もう忘れているのかもしれない。ほっとしつつも、物足りないような気もして、結は自分の心が掴めない。

そして楓は月森に言われたことが堪えているのか、別の子になったみたいにおとなしかった。だが、それは我慢をしているということだ。

楓が寝たあとで自室に戻り、結は税理士関連の本を開く。いつもは自主勉強をするのだが、今日は違うことを考えていた。

池に落ちた日、楓のテンションが上がりすぎたのは、雨のせいで外遊びができなくて、ストレスが溜まっていたからだ。今も我慢をしているが、この状態が続けば、いずれまたテンションが上がってしまうだろう。結局同じことの繰り返しなのだ。

（そうだ、屋敷の外で遊んでみたらどうだろう）

外には楓の知らないことがたくさんある。今は好奇心が服を着て歩いているような時期なのだ――と、子育てや発達心理の本に書いてあった。自分にその頃の記憶がないから照らし合わせることはできないが、町で見かけたことのある楓くらいの子どもたちは確かにみんな元気そのもので、目が離せないような状態だった。

それに、本来ならば保育園などに通っている年ごろ……同じくらいの子どもと遊ぶ経験は必要なのではないだろうか。

人狼であっても、天狼や月森のように、人間社会で生きていかねばならないのだから。

だが問題は、耳と尻尾をどうするかということだ。

（帽子や服でなんとかならないかな……）

楓はずっと、屋敷の外へ出たがっている。実現するとなったら大喜びするだろう。そのためにかなり厳しく、細かく約束しなければならないことはたくさんある。だが、それもまた楓のためになるはずだ。

結は思わずその場に立ち上がっていた。

「社長……あの、今よろしいですか」

控えめなノックの音に、天狼は「ああ」と答えた。結はそっと彼の書斎の中へと入る。そういえば、この部屋に入るのは初めてだ。コロンだろうか、いや、人工的ではない、それでいて清々しくも濃厚な香りに包まれる。

(野性的な……香り？)

「まだお仕事中なんですよね、すみません。お話というか、ご相談したいことがあって」

「改まってどうした」

天狼はチェアをくるりと回して結に向き合う。ネクタイとスーツは無造作にソファの上に投げ出してあった。開襟された胸元に目がいってしまい、結は慌てて瞬きした。

「楓くんのことなんですけど」

「そうだろうと思った。まあ、座れ」

彼の向かいの椅子に座ると、天狼は「それで？」と話を促してきた。病院の狭い空間でのひとときを思い出してしまい、彼の声にいちいち鼓膜も心臓も揺さぶられてしまう。だが、結は言葉を選びながら、丁寧に自分の考えていることを話した。

大分、約束ごとが守れるようになってきた楓だが、思い切り遊べない期間が長いと、何かあった時にテンションが上がりすぎてしまうのではないか。だから、また今回のようなことが起こるかも知れないし、このままいけば、野性的な本能を抑えられなくなってしまうかもしれない。

もっと世界を広げて、自分以外の者を知ったり、この屋敷以外の世界に触れる必要があるのではないか……そうしないと、芽生えてきた好奇心を、みすみす摘み取ってしまうことになる。

「保育園などは難しいと思うけれど、公園で遊んで、他の子との順番を守るとか、外を散歩して、花を摘んだり、虫を触ってみたり……三歳って、そういう時期だと思うんです」

それは発達心理学の本の受け売りだったが、結は大いに納得していた。

「人狼といえど狼に近いからな。君には本当に大変なことをしてもらっている」

結の話をひと通り聞いた天狼は、ため息をつきつつも静かにうなずいた。

「楓は俺のあとを継いで、一族を牽引していく者だ。人狼が人狼として生きられない社会は、止めようがない。だから俺は、楓には適切な社会教育や学校教育を受けさせたいと思っている」

「それって、集団生活ですよね。でも、それは楓くんが人間に近づくためのものではないと思うんです。人間の中で楓くんが楓くんらしく生きられるように。そのためにも、もうここに閉じ込めて育てるのは限界だと思います。もちろん、耳とか尻尾とか課題はあります。でも、それは工夫できると思うんです。急に狼の姿に戻ってしまうことがないように、僕が側について気をつけます」

立ち上がり「お願いします」と結は深く頭を下げた。

「……以前、君と同じようなことを、もっとでっかいことを言ったやつがいたよ」

天狼は苦笑した。

「そうなんですか？」

「ああ」

その人物のことをもっと聞いてみたいと思ったけれど、天狼は不意に、結を包み込むようなまなざしを投げかけてきた。

（うわっ、それ、反則です！）

心の中でおたおたしている自分は、今、天狼の目にどのように映っているのだろうか。

「天空、君には、十歳までの記憶がない。だから、子育てや子どもの発達のことを自分からたくさん学んでくれたんだろう」

一瞬、天狼のまなざしに本当に包み込まれたような気がした。天狼の手は、確かに結の心に触れた。

「税理士として働くつもりだったのに、その権利を奪って、天空の役目を押しつけた。だが俺は、前にも言ったが、君が楓の側にいてくれて本当によかったと感謝している。……今もだ」

僕は確かに天空です。でも、本当の僕は、ただの結なんです。天狼の言葉が指となって結の心にそっと触れ続ける。天空、と呼ばれる度に哀しくなった。

「結って、呼んでください……」

乞い願うように、結は口にしていた。知らず、祈るように両手を握り合わせる。

「あまそら、じゃなくて……確かに僕は天空一族ですけど、でも――」

「……君は、なかなかの男殺しだな」

「オトコゴロシ？」

言われた意味がわからなくて、きょとんとする。

「天空翁もやってくれたもんだ……箱入りで、何も知らないほど罪なことはない」

「罪って……では、僕の考えは天狼一族にとって罪なことなのでしょうか」

確かに僕は二十三歳にしては幼いと思うけど……結はショックを受けたが、天狼は声を上げて楽しそうに笑った。こんなに破顔(はがん)する彼を初めて見たので、結は目を見開いて驚いた。

「そういう意味じゃない……楓についての君の考えはその通りだと俺も納得だ。楓が外で遊べるようにしていこう。俺も協力する……結」

結と呼ばれ、頬にボッと火がつく。

「あああ、あの、許してくださってあり……、ありがとうございま、ます」

どうして真っ赤になって慌てているのか天狼にはお見通しで、結はますますあわあわする。

「おかしなやつだな、そう呼べと言ったのはおまえだろう」

「そそそうですけど」

えっ、そしておまえ呼び？　結の胸はドキドキではちきれそうだ。

ますます、野生的な香りが強くなる。チェアから立ち上がった天狼に顎を掴まれて上を向かされた結は、これは天狼自身から発せられるものなのだと知った。

──息ができなくなりそう。

胸の中に、天狼の発する香りを思い切り吸い込んでしまった。人狼とは、みな、このような良い香りを発するものなのだろうか。

「では、俺のことも大和と呼んでくれ」

「えっ、でも……」

「仕事の時は社長でも天狼さんでもいい。オンとオフを切り替えるんだな、結」

「は、はい……」

「詳しいことはまた改めて打ち合わせしよう。気をつけるべきことがたくさんあるだろう」

「わかりました……ありがとうございます」

顎に触れていた指が離れ、ほっとしたような、淋しいような……。

失礼します、と言おうと思うのに言葉が進まない。とある言葉が出口を塞いでいるのだ。

結は身の置き所がないかのようにそわそわとした。

「他に何か？」

大和が訝しげに訊ねた。

「いいえ、おやすみなさい。や、やまと、さん！」

恥ずかしくて、最後の方は言いながらドアを閉めていた。大和がまた、声を上げて楽しげに笑っているのが聞こえてきた。

嬉しくて、でも恥ずかしくて、でもやっぱり嬉しくて、結は熱い頬を抑えつつ、自分の部屋へと急ぎ足で戻った。

＊＊＊

「ゆいくん、まあだ？」

今日も玄関で弾むような楓の声がする。大きめの帽子を被って、かぼちゃみたいに膨らんだパンツを着込んだ楓は、上がりかまちに座って足をばたばたさせている。砂場道具の入ったカゴも準備万端だ。

「かえたん、もういったうよー！」

「すぐに行くから、もうちょっとだけ待って！」

結は、ペットボトルや大きなバスタオル、着替えの入った大きなリュックを片手に、急いでスニーカーに足を滑り込ませる。先に行っちゃうよ！　というのは急(せ)かしているだけで、楓は決してひとりで家を出たりしない。以前は時々あったらしいが、今はちゃんと結が来るのを待っている。

スマホは持ったよね、不審者撃退用のスモークボールも持ったぞ。よしっ。

準備が整うと、二人は手をつないで屋敷の外に出る。これから、公園へ遊びに行くのだ。

楓は小さなカツラを作ってもらい、カツラで耳を押さえてからさらに帽子を被るという念の入れよう。尻尾はぽわんとしたかぼちゃパンツの中に仕舞っているが、風船みたいなパンツ姿がとっても可愛い。

大判のバスタオルは、もしも人前で帽子や服が脱げてしまった時に身体を覆うもの。

「汗かいたからちょっと着替えさせるね」みたいな感じで車に逃げ込むのだ。

今回の計画には車が必須だった。家から少し離れるが、大きな公園がいいだろうと思っていたし、何かあった時にすぐに動ける。そして結は奇跡的に車の免許を持っていた。だが、まったくのペーパードライバーだったので、大和から猛特訓を受けたのだった。

『たくさんのお約束があるけど、ちゃんと守れたらおうちの外で遊べるんだよ』

先日、そう告げた時、楓が大喜びだったのは言うまでもない。驚くほど真面目に結の話を聞き、結もまた、丁寧に、なぜそうしなければならないかを説いた。

決して帽子を取ってはいけないこと、服も勝手に脱がない。誰かと遊ぶ時も話す時も、必ず結と一緒。木の枝を飛び回ったり、屋根に乗ったりしてはいけない。何よりも、結の言うことをちゃんと聞く。

順番を守るとか、おもちゃをひとり占めしないとか、そういうのは他の子たちと同じ、経験しながら学んでいくことだ。だが、楓にはそれ以前の約束ごとがたくさんあった。

「どーちて、ぼーしとるのだめなの？」

「帽子と服で耳や尻尾を隠すのは、楓くんが人狼だってことを、みんなにナイショにしないといけないからなんだ」

「ナイショ、どーちて？」

楓は不思議そうに聞き返してきた。無垢（むく）な目と心が結を貫くようだ。

「えっと、人間たちはね、人狼はもういないと思っているんだ。だから、人狼を見たらびっくりして、捕まえたり、追っかけてくるかもしれない」

「かえたん、いるよ。やまとくんも、ちゅきもりたんもじんろうだよ」

それの何がいけないの、と楓は問いかけてくる。必要なことは大和と確認し合ってはいたものの、結は言葉に詰まった。

確かにそうなのだ。おそらくは見つかったら捕獲されたり、研究施設に送られたりするだろう……だが、なぜそうされなければいけないんだ。人間と、姿かたちが違っているというだけで。人間と人狼は、遙か昔、共存していたというのに。

「大和さんや月森さんは耳や尻尾を隠して、人の姿になることができるんだ。でも、楓くんはまだそれができないから、耳とか尻尾を、帽子とか服で隠さないといけないんだよ」

我ながら下手な説明だった。

まず、自分のままで何がいけないんだという核心に答えられていない。結の中に思いはあったが、楓に向けてそれを言葉にすることができなくて、もどかしかった。子どもに説明するのって難しいな。結はひしひしと感じた。そして楓は、とにかく耳と尻尾を見られたらダメなんだということはわかったらしく、元気に答えた。

「うん、かえたん、やくしょくする。できうよ」

こんなに、おひさまみたいに笑う子なのに。とっても可愛い、こんなにいい子なのに。

結の心の中に、苦いものが残った。

だが、せっかくの楓の楽しみを台無しにしてはならない。苦いものはちょっと横に置いておいて――今度、大和さんに相談してみよう。

（大和さん）

まだその呼び方に慣れず、思い出すだけで心がふわふわしてしまう。けれど、今は気を引き締めて運転だ！

初心者マークをつけたファミリーカーは、隣の市にある大きな緑化公園に到着した。

この車は目立たない無難なもので、運転しやすいものがいいだろうと、大和が用意してくれたのだ。天狼家には車が三台あったが、黒塗りのベンツと白いアウディ、そしてゲレンデバーゲンという豪華さと大きさで、結が乗りこなせるようなものではなかった。しかも、目立つことこの上ない。

(楓くんの公園デビューのために車を用意してくれたんだ……)

楓に対する大和の思いの深さを、結はそういうことでも感じる。一方、月森は楓を外へ出すことに大反対だったので、今回の件にはノータッチだった。

『我々人狼族は、人に紛(まぎ)れることによって存続し続けてきたのです。それを、わざわざリスクを犯すようなことをして、今に取り返しのつかないことが起きますよ』

月森が意見しても、現在の天狼一族の長であり、楓の保護者は大和だ。そして結は、大和が自分を信頼して任せてくれたのだと心に言い聞かせている。

(僕が、楓くんを守るんだ)

大人たちの様々な確執(かくしつ)、葛藤(かっとう)はさておき、楓はその日の午後、幸せな時をすごした。

広い芝生広場に目を輝かせ、楓は「きゃーっ!」と嬉しそうな声を上げて駆け出していく。その興奮した様子に、アクロバットな(人から見れば)ことにならないだろうかと結は肝を冷やしたが、楓は約束を守った。幼いながらに自制心が働いているのだろう、狼の姿に戻ることもなかった。（もしそうなったら、犬のように抱っこしていこうと、わんこ用の可愛い服も用意していたのだ）

「ゆいくーん！」

芝生をごろごろ転がりながら、楓は結を呼ぶ。ダイナミックな動きだが、想定内なので、帽子や服がずれることはない。ちゃんと装着？　してある。結も一緒になって転がったり、結の膝抱っこでローラー滑り台やぶらんこに挑戦したり、公園内を運行している、赤い素敵なミニ機関車に乗ったりした。

戸外で思い切り身体を動かし、結も気を引き締めながらも、楓と一緒に楽しんだ。ぶらんこに乗って、心地よい風を感じたのは初めてだった。ローラー滑り台でカーブするたびにキャーキャー言って、スリルを感じたのも初めてだった。天空の里はもっと広々して空気が美味しかったけれど、今、楓と遊びながら吸い込む空気も、本当に美味しいと思った。

（本来の姿で遊ばせてあげたいな……）

楽しいと思えば思うほど、そんな思いも募ってくる。

本当の、のびのびとはそういうことじゃないかな。汗をかいて、カツラや帽子の中は蒸れているだろう。汗を拭いてあげなくちゃ……。そして、汗を拭いて水分補給をしたそばから、楓は嬉しそうに宣言する。

「ゆいくん、すべるだい、もっと！」

ローラー滑り台はくねくねと傾斜を下り、なかなかの距離がある。だから、もう一度乗ろうと思ったら、その傾斜を登らねばならないのだが、これがけっこうきつい。だが、楓はなんのそので、軽々と坂を登っていく。周りの子どもたちもそうだった。だからこれは先祖返りの身体能力とは関係ないに違いない。他の親たちと一緒に、結はハアハアと息を切らしながら「ま、まって……」とがんばって傾斜を登った。

「これ、大人にはきついですね」

隣にいた若い男の人が話しかけてくる。おそらく、この中にいる誰かの父親なのだろう。上で手を振っている楓を見上げながら、結も笑って答えた。

「ほんと、子どものパワーってすごいですよね」

「パパー！、ほら、ちょっとこっち向いて！」

下から女の人の声がする。見れば、スマホを掲げて、へろへろになっているパパを、いざ写真に納めようとしている女の人がいた。

「人の気も知らないで……」

文句を言いながら、彼は嬉しそうでもある。

「ママ、上のコータも写真に入れてよ！」

「了解！　コータ、こっち向いて！」

そのコータくんらしき男の子の隣に楓がいた。一緒になって楽しそうに手を振っている。

「お友だちも一緒にね！　はい、撮るわよー！」

楓とコータくんは、顔を寄せ合って一生懸命に手でピースを作っている。子どもってすぐに友だちになっちゃうんだな……。そして、結ははっとした。

芝生の上に、小さな生きものがいる。斜面のくぼみに入り込んで、ちょっとゴツゴツした顔の中の小さな目を曇らせて結を見る。

石に宿る精霊だろう。彼らがみな、難しい顔をしている。まるで結に警告するように。

(写真に入っちゃう。大丈夫かな)

石の精霊たちの表情も気になって、不安が胸をよぎったが、楓の帽子も服も乱れていない。どこからどうみても、三歳くらいの普通の男の子だ。とはいっても、楓が映り込んだ写真をSNSでアップされるのは困る。直感が走った。

コータくんとパパ、楓と結の順でローラー滑り台を下まで降りた。順番もちゃんと守れたのだが……。

「可愛い写真が撮れましたよ、ほら！」

コータくんのママが嬉々としてスマホ画面を見せてくれる。

「かえたん！」

楓は嬉しそうに自分を指差した。確かに、可愛い写真だった。コータくんも楓も、最高の笑顔だ。

「お名前は？」

「あ、か、かえ、です」

とっさに違う名前を名乗る。楓が自分のことを「かえたん」と言うので、便乗した。

「かえくんの画像、送りましょうか？」

善意しかない笑顔で言ってくれる両親たち。だが、画像を送ってもらうにはＳＮＳでつながる必要がある。結はとっさに答えた。

「ありがとうございます。でも僕、スマホを使ってなくて……」

「それは残念だ」

え、その若さでこの時代にスマホ持ってないの？　彼らの顔にそう書いてある。パパに続き、ママも残念がった。

「こんなに可愛いのに……じゃああの、インスタに上げてもいいでしょうか。もちろん、かえくんのお顔はスタンプで隠しますから」

それなら大丈夫かなと、結はうなずいた。

「スタンプしていただけるのでしたら……」

「もちろんです。個人情報ですもんね！」

あまり拒否しても変に思われるだろう。一方で、話の流れを読んだのか、楓はぐずった。

「かえたん、やまとくんにみせうの！」

「写真の代わりにたくさんお話しようね。あ、そろそろ帰らなくちゃ。コータくん、一緒に写真、ありがとうね」

パパとママにも頭を下げ、結は楓を抱っこしてその場を立ち去った。

「もっとー、もっとあしょぶー！　しゃしんすうのー！」

「今日は初めてのお外だからこれくらいね。写真は今度、カメラを持って行くよ」

（スマホ撮影は止めとこう）

「しゃしんー！」

ご機嫌ななめだった楓だが、疲れには勝てず、車に乗ると眠り込んでしまった。結はちょっとドキドキしていた。

今日は同じ年頃の子と遊べて、楓にとっていい経験ができたと思う。だが、初めて会ったのに、ＳＮＳでつながって、交友関係はこうやって広まっていくものなのだろうか。保育園とかなら毎日会うのだから、仲良くなっていくのはわかるけれど……。

結自身に、友だちと呼べる存在はいなかったし。そもそも人と関わることを禁じられていたから、よくわからない。だが、危ないなと思った。特に楓くんには秘密があるし……。

（大和さんに聞いてみよう）

彼だって、子どもの公園デビューがどういうものか知らないだろうけれど、それでもそう思うだけで安心できた。

（子ども……）

そう言えば、大和さんは結婚していたことあるのかな。お兄さんの子だけれど、楓くんぐらいの子どもがいたっておかしくない年だ。結婚していなかったとしても、かの……彼女、というか恋人はいるのかな……。

今更そんなことに気づいた自分にちょっと呆れる。

（ダメダメ、運転中）

邪念を払い、目の前の道路と信号に集中する。超安全運転の結の車を、ワゴン車が忙しなく追い越して行った。

大和はプライベートについて、まったく隙がない。

同じ家に住んでいても、結はほぼ楓と一緒に過ごしているから、仕事モードの彼しか知らないのだ。休日もあまりリビングでは寛がず、自室にいることがほとんどだ。

食事は一緒だが、楓に話しかけられて答える以外はほとんど話さないし、夕食時もスーツやシャツのままだ。つまり、結は大和の私服姿すら知らないのだった。

（でも、大和さんの笑った顔は知ってる……）

離れとはいえ同じ家に住み、仕事のパートナーである月森はクールを通り越して氷のような感じだが、彼は結の知らない大和を知っているのだろうか……。

公園での心配事の上にそんなことまで自分の中で悶々（もんもん）としてしまい、結はあまり食が進まなかった。だが、その一方で、楓は今日あったこと、どれだけ楽しかったのかということを、旺盛な食欲を披露すると共に、さかんに大和に話して聞かせていた。

木のぶらんこ、芝生の上で転がったこと、そして――。

「それでね、ごろごろのすべるだい、いっぱいしたの！」

「ごろごろのすべるだい？」

なんだそれは？　と大和が訊ねると、楓は尻尾をふりふり、嬉々として答えた。

「ごろごろがいーっぱいついてて。それでしゅーっとすべるの。ゆいくんのだっこで！」

「ローラー滑り台のことです」

大和さんがそもそも知っているかどうか……。だが、大和は簡潔に答えた、

「ああ、滑り台のことか」

「うん！　ごろごろすべるだい！」

「滑り台ですよ、楓さん」

口を挟んだ月森を、大和は一瞬、睨む。楓が楽しそうに話しているのを邪魔するなということだろう。

（すごいな、月森さんを目線で黙らせちゃうなんて……）

結が呑気に感心していたら、楓は大和がテーブルの上に置いていたスマホを指差した。

「そいで、こーたくんと、しゃしんしたの！」

「写真？」

瞬時に大和が目を眇(すが)める。もちろん、月森も同様だった。

「でもね、でもね、ゆいくんがダメってゆったの」

結を見て、楓はぷくっと頬を膨らませる。一瞬、場の空気が固まった。

「あの、そのことはあとで……」

わかった、と大和はうなずく。大人たちの懸念など気づく由もない楓は、まだ話し足りないのか、テーブルに乗りだして、きらきらした目で大和に笑いかけた。

「かえたん、やまとくんとおふろはいうー！」

「帰ってシャワーをしてたじゃないか」

「はいうのー！」

「よしよし、わかったから騒ぐな」

ふっと見せる、楓を甘やかすような大和の顔が好きだ。結の心はときめいて、そして温かくなる。大和は楓を肩車して風呂場へと向かった。甥っ子を肩車する、その背中も素敵だと思う。

（好きがいっぱいだ……）

ふわふわしながら楓の着替えとタオルを用意し、脱衣所のカゴに置く。ガラス戸越しに、ざぼーんとした水音と、楓のきゃっきゃとはしゃぐ声が聞こえてくる。

結が来てからは、お風呂はほぼずっと結と一緒だった。

大和さん、大丈夫かな。楓くん、いつも髪を洗うのを嫌がるんだよね。

それでシャンプーハットなるものを買ってきた。カッパの頭のようなシャンプーハットから狼の耳が出ているのがすごく可愛くて、結はとても気に入っている。大和さんもあれ、使ってるのかな……。

　そして、ふと我に返る。

（僕が来る前はきっと、大和さんがお風呂に入れてたんだから、僕が心配する必要なんてないよね）

「きゃーっ！」

　その時、ひときわ高く、嬉しくてたまらない、楓のはしゃぎ声が聞こえてきた。

「脱走した！　捕まえてくれ！」

　見れば裸んぼのちび狼が（狼は普通、裸か）水滴をまき散らしながら風呂場から駆け出してくるところだった。

「こら！　楓くん！」

　結は身体を張って、濡れてほかほかのちび狼を受け止める。

「かえくん、つかまったったー！」

　そう言って顔をぐりぐりされ、結は愛しさと可愛さでたまらなくなって、楓を抱きしめた。びしょ濡れになってしまったけれど、そんなことはどうでもよかった。

（楓くん、愛してるっ）

　心のメモリが振り切れてしまいそうだ。だが、次の瞬間、結の心メモリはさらに針を振り切ったのだった。

「濡れちまっただろう。ほら」

脱衣所のドアが全開になり、バスルームから漏れる湯気に包まれた大和が、タオルを放り投げて寄越した。

（えっ、あっ、や、大和さん！）

バスタオルで首の辺りを拭きながら、全裸の大和が立っていた。

濡れる黒髪からスッと立つ両耳、そして彼が身動きするたびに背後から見え隠れする、濡れそぼった灰色の尾……。

（これが人狼型の大和さん……）

初めて見た。何も身につけていないからだろうか、その立ち姿はワイルドで凛として美しく、結はその場で腰を抜かしていた。逞しい胸、二の腕、引き締まった腰、そして湯気でふわりと隠されている、あの……。

「どうした？」

結がタオルを掴んだままで楓にしがみつかれながら固まっているので、大和は訝しげに訊ねた。

「な、んでもありません……」

なんでもないわけがない。だが結はそう答えるのでやっとだった。

バスローブに手を通しながら、大和は答える。

「ああ、おまえは、俺のこの姿を見るのは初めてだったな」

「はい……」

「驚いたか?」

「い、いいえ」

「嘘が下手すぎるな。顔に全部書いてある」

大和は可笑しそうにククッと笑ったあと、真顔になって結の前にかがみ込んだ。

(わっ、近寄らないで、なんだか……なんだか……)

「怖いか」

青みを帯びた黒い瞳で射抜かれて、結は狼にいざ食われんとする小動物のようになっていた。そうだ、楓くん、楓くんはどこいった?

楓がいてくれれば、この場をごまかせる。だが、楓は結が持っていたはずのバスタオルにくるまって、床の上で気持ちよさそうに寝息を立てていた。

「怖くないなら、どうしてそんな顔をする」

だって、いつもの大和さんじゃない。いつもだって、すごくかっこいいけど今は、今は

もっと。結は、下半身に熱が集中するのを感じていた。だって、なんだか、なんだか――。

「びっくり、して……」

「やっぱり驚いたんじゃないか」

大和はふっと表情を緩ませる。だが、その目の奥にはまだ青みを帯びた光が宿っていた。

「そんな、びしょ濡れで取って食われそうなうさぎみたいな顔していたら、本当に狼に食われちまうぞ」

「えっ？」

どういう意味だか問う間もなく、大和は結の前を横切って、廊下でタオルにくるまっている楓を抱き上げた。

「あーあ、まったく。こんな所で寝るか？」

愛しさを滲ませた声を背に、大和は結の前から立ち去って行った。

（うっ！）

結は前のめりになりながら、自分の部屋へと逃げ帰った。部屋へ入るなり床の上に座り込み、ボトムに手を突っ込んだ。ボクサーショーツの上から、熱くてたまらないそこをぎゅっと握った。

いくら奥手でも、男の生理的現象は知っている。もちろん、その処理の仕方も。でも違う、こんなのは、こんなのは知らない……っ。

「大和……さんっ」

知らず彼の名を呼び、凛とした耳と、濡れそぼった尾を思う。そして、湯気で隠れていたあの部分も。大和さんのそこはきっと……！

熱く滾るものを耐えられず、結は自分のそこをさらにぎゅっと握った。あふれ出る感覚。それは「処理」とはまったく違っていて……。

初めての欲情は、下着の上から握り混んだ結の手のひらをじわじわと濡らしていく。その感覚が次の波を呼びそうだ。結はよろよろと立ち上がった。

「もう一度……シャワー浴びなくちゃ」

楓くんの大事なこと、相談しなくちゃいけなかったのに……。

結はふらふらしながらバスルームへと向かった。


部屋へ戻った結は、ひと息ついて自主勉強のテキストを広げ、パソコンを立ち上げた。いつ実務に入っても遅れを取らないように、楓が寝てから勉強を続けているのだが、今日は集中できなくてぼーっとしてしまう。

今日はいろんなことがあった。楓くんと公園デビューして、楽しかったけれど気疲れもした。そして留めに……。

「結、起きているか？」

その時、ノックの音とともに大和の声がして、結は椅子から飛び上がりそうになった。

「は、はい、起きてます。どうぞ」

――楓くんのことを聞きにきてくれたんだ。僕から行かなきゃいけなかったのに。

大和は黒のスウェット姿だった。ジャージなどとは呼べないスタイリッシュなものだ。座ってもらおうにも、デスクチェアの他にはクッションすらない。初めて見る大和の姿にドキドキと胸を高まらせ、どうしようと思っていたら、大和はおもむろに床の上であぐらをかいた。結もその向かいで正座する。

あ……。

今頃になって、結はあることに気がつく。

「ああ、耳と尾か。今は人型に戻っているからな」

そんなに考えていることが顔に出ていたのだろうか。恥ずかしくなって俯くと、頭の上から大和の声がした。

「本当に初々(ういうい)しいやつだな……」

「え？」

大和は意味ありげににやりと笑う。そんな顔して笑わないでください……僕はここで、あなたのことを思ってあんなことを……それに、今二人きりなのに。

「そんなに、自由自在に人型になったり人狼型になったりできるんですか？」

いろいろ紛らわそうと、訊ねてみた。間が抜けた質問だったかもしれないが、結は何かを耐えるのに必死だった。

「普通は楓くらいの頃にはできるようになるんだがな。寛ぐ時や寝る時は人狼型の方が楽なんだ」

そういえば楓くんは寝る時はいつも狼だもんな。でも、普段は――。

「今日のことなんですけど。すみません、僕から話しに行かないといけなかったのに」

「そんなことはどうでもいいさ。で、何があったんだ」

結は、芝生広場とローラー滑り台での出来事を話した。

同じくらいの年の子と仲良くなって、その両親が盛り上がって、二人の写真を撮ったこと。その画像を送りましょうかと言われて、スマホを持っていないからとごまかしたこと。インスタに顔を消してアップしてもいいかと訊ねられたこと。写真が気になってぐずる楓を引っ張るようにして帰ってきたこと……。

「それで、あまり拒否するのも不自然じゃないかと思って、顔を消してくれるならと、承諾してしまったんです……やっぱり断った方がよかったでしょうか」

「いや……今回のおまえの判断は正しかったと思う。確かに頑なに拒否し続けると余計な勘ぐりをされそうだしな」

結はほっとした。だが、大和は厳しい顔になる。

「けれど、写真に撮られるのは避けたい。何かあった時に矢を向けられるのは楓だ」

「わかりました。気をつけます」

「しかし、この頃の若い親は初対面の子どもの写真を勝手に撮ったりするのか？　いくら自分の子どもとセットで可愛いからって。インスタは全世界に発信されるんだぞ？」

自分もそう変わらない年代なのに、大和は「若い親」のことをそう語った。

「ＳＮＳがそれだけ当たり前な世の中なんですね。僕もスマホには疎いので、ＳＮＳのことも、もっといろんなことを知らなきゃ楓くんを守れないんだって思いました」

人の良さそうなパパと快活なママ、そして愛嬌のあるコータくんの顔が浮かぶ。あの人たちを敵だとは思いたくないけれど……。

「どうした？」

黙り込んでしまった結を訝しみ、大和が訊ねる。

「……楓くんがこういうことから少しでも自由になれたらいいのに、って思って……」

「仕方ないさ」

大和はあっさりと答える。

「結が言いたいことはわかるけれど、人狼族は、こうして隠れながら生きていくことを選んだ。特に楓はハイブリッドだ。人狼型でも狼の姿でも、誰かに知られたら、面白半分に広まるのはあっという間だ」

「そうですね。せめて、楓くんが人型を取れるようになれば……」

答えながら、そうなのかなと結は思う。問題はそこじゃないんじゃないかな。

「明日はまた違う公園へ行ってみます。インスタも確かめたいけど、それで紐づいてしまったら困るし、とにかく転々とすることにします」

「ああ、そうだな」

大和がふっと笑ってくれたので、結もドキドキしながら笑い返した。

5

公園デビューの日から、ひと月がたった。

季節は六月半ば。だが、今年は雨が少ない。結と楓は流浪の民となって、できるだけ大きな公園を転々としている。

楓の絶対に譲れない希望は『ごろごろすべるだい』なので、ローラー滑り台があることが必須条件だが、体力的にきついのが問題だ。だが、結はがんばった。そして、時にはコンビニでサンドイッチやおにぎりを買って、芝生の上でランチをすることもあった。

「おべんと、おいしーね！」

楓は『おそとごはん』も大いに気に入ったようだった。天気の悪い日には、児童館や図書館で人形劇を観たり、室内遊具で遊んだ。これから暑くなるので、水遊びもさせてあげたい。

（大和さんに大きなビニールプールを買ってもいいか相談してみよう）

昼間、思い切り身体を動かす楓は早く寝るようになって、その分、結の自主勉強の時間も増えた。だが、自分も疲れているので、勉強しながら机に突っ伏して寝てしまうこともしばしばだ。

そんな時、夜中に目を覚ますと、いつも肩からブランケットがかけてある。昨夜もそうだった。前にもあったけれど、それはきっと……。

お礼が言いたいなと思いながら、数日経ってしまった。

今日は、少し足を伸ばして隣の県まで行ってみることにした。コンビニにも寄りたいしと、準備の手を早めていたら、楓のはずんだ声が聞こえてきた。

「きょはね、おそとごはんすうの！」

それは楽しみだな、と答えている大和の声は穏やかだ。だが、暑くなってきたから、公園ランチはそろそろ終わりかな。

それに、楓のこんもりとした帽子の中は、カツラを被っていることもあって、蒸れ蒸れで、湯気がたちそうになっているので、つい最近、風通しのよい生地の帽子を新調した。

これが実に可愛いくて、楓もすごく気に入っている。そして、夏場だけはカツラをやめて、黒いタオルできっちり頭を覆うことにした。結が楓の耳をたたんでタオルを巻いていると、大和はその様子をしげしげと見る。手元に視線を感じ、ドキドキしてしまう。

「楓の外遊びスタイルも夏仕様にバージョンアップだな」

「ばーじょあぷぷ?」

あははと大和は声を上げて笑っている。結はスマホでカラフルな画像を見せた。

「夏仕様でご相談なんですが、庭で遊べる大きなビニールプールを買ってもいいでしょうか。あと、日陰を作るのに、大きめのガーデンパラソルを」

画像に出てきたプールはカラフルで、ヤシの木がにょきっとついていたり、滑り台がついているものもある。

「へえ……今はいろいろあるんだな」

任せると言われ「ありがとうございます」と結はにこっと微笑んだ。

「また買い物ですか」

月森だった。コーヒーを注ぐ所作は柔らかだが、口調には棘がある。

「あのっ……!」

詰め寄ろうとした結を、大和は目で制した。

「それだけ、俺は楓に必要なものを何も与えてこなかったんだ。以前は、ただ俺の仕事中、静かにおとなしくしてくれればいいと思っていた。だが、結は楓の成長に何が大切なのかを、この時期に経験することの大切さを考えている。必要なものを揃えるのは当たり前だろう。結はシッターとしての天空の役目以上に、楓のことを考えてくれている」

（大和さん……）

楓は毎朝観ている体操番組に夢中で、大人たちの話など聞こえていないようだ。大和が庇ってくれることに結は胸を熱くしながらも、楓の前では言い争ってほしくなかった。

「ただ公園へ行くためだけに車を買い与え、今度はプールですか。結さんがそうしたいと言えば、あなたは庭を掘り返して本物のプールを作りかねない」

「楓のためならそれくらい惜しくないさ」

「……本当にそれだけですか？」

言葉は大和に向かいながら、視線は結に向かっていた。祖父から向けられたものと同じ視線……。

（お祖父さまは、僕を憎んでいた？　厭われていたのは知っているけれど、憎まれていた？　月森さんが僕を憎んでいるように）

「もちろん楓のためだ。だが、俺が結の望みも叶えてやりたいと思って何が悪い。それこそ、おまえにどうこう言われることではない」

月森は大和に答えず、背を向けた。

「始業時間になりましたので、先にオフィスへ行きます」

彼がオフィスへと姿を消すと、わなわな震える結は、大和の腕の中に納められていた。

「よく、我慢したな」

「……どうして」

月森への不審感を、二度と大和には言わないつもりだった。彼を煩わせたくはない。だが、今度ばかりは……。

「どうして、あんなふうに言われ続けないといけないんでしょうか。最初から、最初からそうでした……！」

「前にも言ったが、あんな言い方しかできないやつなんだ……俺が代わって謝る」

（違う）

あの人は僕を憎んでいる。

月森を庇う大和に反発するかのように結は思った。どうして？ 僕が何をした？ 月森さんに。そしてお祖父さまに。

結は大和のシャツをぎゅっと握りしめた。他者に憎まれるようなことをしたかもしれない自分が嫌だった。

「結」

甘えさせるような声に、結ははっと我に返る。

「あっ、すみません、シャツを皺に……！」

「そんなことはどうでもいい」

　大和の声はますます結を甘やかす。

「月森には俺からよく言っておく。そして、俺がさっき言ったことは本当だ。おまえはいつでも楓のことを考えてくれる。俺はおまえの楓への思いを叶えることが嬉しい」

　金銭やものを与えるとか、そういう次元のことではないのだ、楓をこの家から外に連れ出すこと、同じ年頃の子と遊ばせたいこと……。

　月森によって真っ黒に塗り潰された心が、大和によって塗り替えられていく。

「はい」

　結はうなずいた。

「泣くな」

　大和の指が結の目元を拭う。泣いていたなんて知らなかった。

「俺はいつでもおまえを見ているから。なんでも言え。楓に関することだけじゃない。もっと自分のことを。月森に言われたことも、他のことも」

「大和さん、僕は……」

　ではこの思いを口にしてもいいのだろうか。あなたは僕の中でだんだん大きな存在になっていく。そして僕は人狼姿のあなたを見て欲情した。そんなことも――。

「かえたんも！」

その時、見つめ合う二人の間に、楓が割って入ってきた。

「かえたんも、なかよし！」

結と大和が何やら仲良くしているように見えたのだろう。楓は、大和のシャツと、結のパーカーをぎゅっと握った。

大和は決まり悪そうに笑い、結は慌てる。大和さんと仲良しって、子どもは見たまんまのことを言うから……！

「わかってる。楓も仲良しだ。今日もたくさん遊んでこい！」

大和は楓を抱き上げて、ほいっと、結の腕に託す。結は慌てて受け止めたが、楓はちょっとしたスリルを味わったのか、大満足のようだった。

「勉強は進んでいるか？　遅くまでやっているようだが」

不意に大和は問いかけてきた。やっぱり知ってたんだ。ブランケットをかけてくれていたのは、やっぱり大和さんだったんだ。楓が靴下を履こうと奮闘している姿を見守りながら、結は正直に答える。

「やる気だけはあるんですけど、進んでいるとはいえなくて」

「これからは、俺がみてやろう」

「本当ですか？」

結は目を輝かせた。大和はゆったりとうなずく。

「元々税理士として働くはずだったのが、俺がシッターにしてしまったからな」

「いえ、それはもう……」

「だから、楓が寝てから少しずつだが……どうだ？」

「お願いします！」

深々と下げた頭を上げるように促され、合った視線に心臓をぎゅっと握られる。

「俺は今日からしばらく地方へ行かなければならないから、帰ってきたら始めよう。……そんな情けない顔をするな」

何を思ってか、大和は笑う。情けない顔って、いったいどんな顔をしていたんだろうか。

「月森には本当に、よく言っておく。苦手かもしれないが、俺がいない間はあいつが天狼家当主の代理だ。楓のことで何かあったら、まず必ず月森に報告すること。それだけは守ってくれ」

「大和さんに直接報告してはいけないのですか」

「ああ」

「わかりました」

そう答えるしかできなかった。それは天狼一族の掟（おきて）なのだろう。月森を怖れながらも、結は納得した。天狼一族に仕えた、天空家の血が自分にも脈々と受け継がれているのだ。

「いい子にしていろよ」

大和は目を細める。それは僕のことですか？　楓くんのことですか？　それとも両方？

結の頭の中を思いが巡ったが、結はただ「はい」とうなずいた。

＊＊＊

今日訪れた公園は、最近隣の県でオープンしたばかりの、森林とバラ園、そして丘陵（きゅうりょう）が広がる、とある絵本をイメージした大型施設だ。夜はイルミネーションが灯されるらしく、夕方や土日は超満員。だが、平日はさすがに空いているということだった。

さっそく園内を周るミニ機関車に乗ると、バラのアーチをくぐって森林の間を縫うように走り、丘陵でのんびりと草を食（は）んでいる本物の羊や水車、風車を見ることができた。

あれなあに、と指差す楓に、結はゆっくりと答えた。

「ひつじさんだよ」

「しつじさん？」

「ひ・つ・じ」

ひつじとしつじ、確かに似ている。結の頭の中には、フォーマルな執事服を着込んだ羊の姿が浮かび、くすっと笑みがこぼれた。

羊を指差す楓を撮影して、「しつじ」とメッセージをつけてSNSで大和に送信した。しばらくして既読になり「確かに」と返信。笑顔のスタンプを送ると、再び返信が来た。

『何事も起こらないように祈っている』

結は「はい」と返信をしてスマホをしまった。大和は仕事中なのだ。そしてスマホ撮影もこれでおしまい。

空は青く晴れ渡り、澄んだ空気とのどかな雰囲気に癒やされる。結は深呼吸をした。

（今日も無事に過ごせますように）

願った通り、平和な一日が送れそうな気がした。何よりも、大和がそう願ってくれているのだから。

途中、ローラー滑り台が見えた。

「ごろごろすべるだい！」

「ごはんしてからね」

うーん、やっぱりそうなるのか。ミニ機関車を下りてからシートを広げ、おにぎりやサンドイッチを食べていたら、あどけない子どもの声が楓を呼んだ。

「かえくん！」

そこには、公園デビューした日にローラー滑り台で意気投合した「コータくん」とそのママがいた。今日はパパの姿は見えないが、ママ友らしきグループがあとに続いていた。

「コータくん！」

楓もコータくんに気がつき、手を取り合ってきゃっきゃ言って喜んでいる。

「あら、すごい偶然！」

コータママも興奮気味に喜んでいる。結も当然驚いたが、この再会を素直に喜べなかった。あの日彼女は楓の保護者である結に許可をとらずに我が子とのツーショットを撮ったのだ。どうしてここで……彼女には悪いが、なんだか嫌な予感がした。

「本当にびっくりですね！」

が、そこは調子を合わせて挨拶する。コータママは後ろのママ友に、ちょっと待っててみたいな合図を送り、リュックの中をガサゴソし始めた。

「あの公園でまた会えるんじゃないかと思ってずっと持ってたの。ほら、二人ともチョー可愛いでしょ？　自慢したくならない？」

彼女はプリントアウトした写真を結に渡した。

「ありがとうございます。あそこは家から遠くて、あまり行かないんです」

スマホに続き、またごまかす。楓のためとはいえ、嘘を重ねるのは疲れるし、言うことにも矛盾が生じ始めている。その矛盾を修正するために、やたらにべらべら喋っているのだ。

「本当にありがとうございます。僕の雇い主も喜ぶと思います。本来、家族以外の人に写真を撮ってもらうのはダメだと言われてるんですが、こんなに可愛いければ！　それで、インスタの方は……」

「ちゃんと顔はわからなくしてあるわよ。ほら！」

彼女が見せてくれたインスタの画面では、楓の顔はパンダのスタンプで隠されていた。ほっと安心し、狼だったら笑い事じゃないよねと思う。そしてなぜか、コータくんにはうさぎの耳が生えていた。こういうアプリがあるのか？　獣人型になるのが流行っているのだろうか。

「シッターさんなら、雇い主さんの意向は最優先よね。この近くに住んでるの？」

「いえ、近くではないんですけど新しくオープンしたから行ってみたいなと思って」

コータママの矢継ぎ早の質問に答えながら横目で楓を見ると、早速、コータくんが持っていた戦隊もののオモチャで盛り上がっている。

「でじたるでっど！」

「ぐりーんよりはやいんだぞー」

「ふふ、もう一緒に遊んでる」

楓がお友だちと遊ぶのは嬉しいが、結は心で冷や汗をかいていた。お願い、写真撮らないで！

「今日パパは仕事で来れなかったんだけど、ママ友グループで来てるからみんなで一緒に遊ばない？　大丈夫、子どもたちってすぐに仲良くなるから！」

それはもう決定事項で、子どもたちは楓とコータくん含め五人で、総合遊具の方へと走っていく。ネット登りや一本橋、三歳前後の子どもにちょうどいい具合に作られている木製遊具だが、結は常に楓の下や側で見守っていた。だが、他のママたちはおしゃべりに夢中だ。

（お子さんから目を離さないでくださいって書いてるのに）

結果、結があちこち動き回る他の子どもたちと楓を一緒に見守るかたちになってしまった。乳幼児用といえど、ネットに足を突っ込んで抜けなくなったり、滑り台（ローラーではない）を立って駆け下りたりと、危ない場面もあった。

コータくんの他に、ユースケくん、リョウくん、ケータくん、レンジくんという面々がいて、このレンジくんがなかなかに傍若無人で動きも荒々しい。結が「危ないからやめとこうね」と言っても聞く耳を持たない。コータくんは素直な子だったんだと心底思わずにいられなかった。

水分補給のためにママたちのところに戻ると、年長らしき女性が声を上げた。

「お兄ちゃん先生、子どもたちを見ててくれてありがとう」

僕はお兄ちゃん先生ではなく楓くんのシッターなんだけど……。

一応、子どもを見なきゃいけないことはわかってたのか……。楓と一緒にスポーツドリンクを飲んで、結は愛想笑いをしてしまった。次の遊び場所ではちゃんと言おうと心に決める。

結をお兄ちゃん先生と呼んだ人は、レンジくんのママだった。グループのリーダーなのか、彼女はちゃきちゃきと場を進めていく。すごい統率力だ。

「じゃあ、ここで撮影タイムといきますか。会社でがんばってるダンナたちの癒やしのためにたくさん撮るわよー！」

「あ、かえくんとこは写真はダメなのよね」

コータママが言ってくれたが、楓はすっかり子どもたちに巻き込まれてしまっている。しかも本人は撮られたくて仕方ないのだ。

「えー、固いこと言わなくていいじゃない。それに、もうすっかり馴染(なじ)んでるし」

五人がそれぞれ好きなポーズを決めて、まるでアイドルの撮影会のようだ。（見たことないけど）なんでも、子どもたちの写真でカレンダーを作るらしい。

ママたちはみんな熱くなっていて、割り入って連れ戻せば、楓はぐずるし、可哀想じゃないのとかいろいろ言われてしまった。勘ぐられることだけはなんとか避けたが。

その上、結は彼女たちにいろいろなことを聞かれたり「やーん、お肌ツルツル！　やっぱり若い子っていいわね」「彼女はいるんでしょ？」「ダンナにもこれくらい痩せてた時期があったのよ」とため息をつかれたりした。そのあと、子どもたちはローラー滑り台の方へ走り出してしまい、全速力で追いついた結は、あとからゆっくりやってきた彼女たちを前に、きっぱりと断った。

「すみません、一緒に遊んでもらったり、写真に入れてもらったりして嬉しいんですが、僕の雇い主が、面識のない方に写真を撮られることを禁じていますので、かえを写真に入れるのは、もうこれきりに……それから、さっき撮った写真も、インスタに上げられる時は、かえの部分をトリミングするなどしてください。よろしくお願いします」

ぺこりと頭を下げた結のまさに上から、レンジママの声。

「えー、だって映り込んじゃうことだってあるじゃん。それも気をつけろってこと？」

そういうこと言うなら最初から写真に入らないでよね、とぶつぶつ言われ、それは本当に結の落ち度なので、もう一度すみませんでしたと頭を下げる。

「でも、雇い主さんの言いつけなら仕方ないよ。気をつけよっ」

盛り下がった空気を取りなしてくれたのはコータママで、他の三人はリーダー的レンジママに逆らえないのか、曖昧にうなずいている。

「ウチもこの前ごめんなさいね。あとからパパとも話したんだけど、そういうの困る人もいるわよね。今、インスタの写真も消したからね」

コータママがこそっと言ってくれて、結はほっとひと安心。ちゃんと話したことで、とにかく彼女には伝わったのだ。

「それから、レンジくんはちょっと聞きわけがないから気をつけてね。こうと言ったら譲らないから。ママはあんな感じだし」

苦笑し、コータママは彼らの方をちらっと見た。

「行こっ」

子どもたちはすでにローラー滑り台に向かって斜面を登っている。ここの滑り台は二～

三歳児向けで距離も短く、傾斜も緩やかだが、やはり「お子さんを膝に乗せて」と書いてある。だが実際、一緒に滑っているのは結だけだった。

「あの、みなさん……！」

声をかけてみるが、皆おしゃべりに夢中か、我が子のベストショットを撮ることに一生懸命だ。危ないと思って、他の子も膝に乗せて滑ったが、そうすると斜面登りも四倍で、すぐにリミットが来た。体力のなさが身に沁みる。

「ごめんねえ、ありがとう！」

他のママはそう言ってくれたが、レンジママは女王様のように立って、お言葉を発した。

「それくらい子どもだけで大丈夫よ。過保護ねえ」

さすがにそれにはカチンときた。だが、もめ事を起こしたくない結はぐっと堪え、斜面を登った。

滑り台の順番を二人抜かしたレンジくんは、楓の後ろに立っている。

「かえくんのぼーし、かあいいね。アリオみたい！」

コータくんが言うと、他の子たちも「ほんと！」ときらきらした目で楓を見る。

アリオというのは、スペシャルアリオファミリーズというゲームのメインキャラで、いつも大きな帽子を被っているのだ。確かに、夏用に新調した帽子はアリオと同じ、こんもりとしたオレンジ色だった。ちょっと、帽子の話題はやめて！　結は全力で斜面を駆け上がる。

「かせよっ」

突如、レンジくんの手が楓の頭に伸びた。

「やめてっ！」

結は絶叫した。楓も「だめのっ！」と必死で頭を抑えている。下のママたちは「何事？」と目を丸くして見上げている。

「かせっ！」

「やーのっ！」

「やめて！」

三つの声が反響し、結の手が届く寸前に、怒ったレンジくんは楓の帽子を力任せに引っ張った。

その反動で、頭を覆っていた黒いタオルがひらひらと落ちる。帽子は既にレンジくんの頭の上にあり、楓の頭の上には――。

結は落ちたタオルで頭を覆って楓を胸に抱き込んだ。その刹那、耳に届いたシャッター音が聞き間違いでありますようにと、胸がちぎれそうなほどに願いながら。

「みみ！」

レンジくんは大きな声で周りの子たちに言った。

「わんこみたいな、みみあった！」

子どもたちはレンジくんの言ったことがわからなかったのか、ぼーっとしていたが、ママたちからはざわめきが聞こえていた。

「ね、今、確かに、あった……？」

「レンの見間違いだっていうの？」

「そ、そういうわけじゃないけど……カチューシャとか」

「わざわざ帽子の中にカチューシャする？」

楓を抱いたまま斜面を駆け下りた結は、リュックを引っ掴み、震える声を抑えて皆に伝えた。

「か、かえくんは、頭に、紫外線を浴びたらいけないので……帽子がないとダメなんです。だから……今日は、失礼します」

「だったら最初にそう言ってよね」

レンジママの声が胸を刺す。確かにそうだ。写真のことと一緒にそう言っておくべきだった。勘ぐられないようにと余計な気を回して、これ以上嘘を重ねたくなくて……。

それよりも。

がくがくと震える足を奮い立たせ、結は一礼してその場を走り去った。楓の帽子を、レンジくんが持ったままだったことも忘れていた。


家に帰った結は、リュックを放り出したまま、ソファにどさりと座り込んだ。とっさに楓に被らせたタオルは肩に落ち、黒い髪の上からは狼の耳が立ち上がっている。

「ゆいくん……」

子どもながらに大変なことが起きたんだと察する楓が、頼りなく結を呼ぶ。結はゆっくりと顔を上げ、楓を見た。

怖いけれど確認しなければいけない。結はインスタのアカウントを取得して、怖々アプリを開いた。アカウントを身バレしないよう設定できることを知り、何も知らない自分に嫌気が差す。適当に「レンジ」「レンジママ」と入れたら、簡単に検索できてしまった。

そこには、小さいけれど、はっきりと狼の耳が生えている楓の顔が映っていた。スクープ写真みたいに目だけを消してある。レンジくんの驚いた顔が一緒に映っていた。

『公園で一緒になったお友だち。帽子が取れた一瞬だけ見えたんだけど、これ、ケモ耳？

まさか都市伝説の人狼族だったりして』

やられた……。

スマホがことんと床の上に落ちる。しばし茫然自失のあと、ふつふつと怒りが込み上げてきた。

帽子が取れたってなんだよ！　楓くんが嫌がってるのに帽子を奪ったのはあなたの子どもじゃないか！

「こえ、かえたん？」

スマホを拾って楓が頼りなげに問う。結は楓をぎゅっと抱きしめた。

「ごめんね、ごめんね、楓くん、全部僕のせいだよ。ごめんね、守れなくてごめんね……！」

「ゆいくん、えーんしたら、だめ」

楓に頭を撫でられながら結は大声を上げて泣いた。ごめんね楓くん、ごめんなさい、大和さん……。

泣いている声が聞こえたのだろうか。リビングに現れたのは、今、最も会いたくない男だった。泣きはらした目を上げると、月森は、眼鏡の奥の目を眇めた。

「何かあったんですか」

号泣している結の側にはおどおどした楓。月森が何も察しないはずはなかった。

「社長の留守中には、私があなたたちを管理することになっています。何があったか話してください」

もう、逃げも隠れも言い訳もできない。自分がしでかしたことを、せめて潔く報告しよう。結は、インスタの画面を見せた。月森は、一瞬、息を呑む。

「……撮られたんですか」

「はい。一緒に映っている子に帽子を奪われました」

「奪われた？　あなたはそれを黙って見ていたんですか！」

「違います！　もう少しで手が届くところでした。楓くんも必死に抵抗しました！」

「なんてことをしてくれたんです！　しかも拡散されているじゃないですか！」

「写真を撮らないでください、映ってしまった時は、楓くんはカットしてくださいと、お願いはしました……」

月森に言い訳をしている自分が、結は情けなかった。

「お願いが聞いて呆れる！」

月森は吐き捨てるように言った。

「実際に、騒ぎになってしまっているじゃないですか」

月森は画面をスクロールしてコメントを拾う。

『本物？　まさか！』

『ツチノコ並みに謎っていうアレ？』

『人狼族ってなに？　化け物？　こわ……』

『これ、作り物にしてはできすぎ』

脳天気なコメントが次々出てくる。そのひとつひとつが結の心をぐさぐさ刺した。

「ツイッターではもうトレンドになっている」

月森は結にスマホを放った。

『今日のトレンド　人狼？』

見たくなくても飛び込んでくる文字。結は涙を拭って目を反らした。

「そもそも、楓さんを外で遊ばせたいなんて言うからこんなことになるんです。何もかもあなたのせいだ。大体、社長もあなたに甘すぎるから……！」

「僕のせいです。大和さんには関係ありません……」

「軽々しく社長の名を口にするんじゃない！」

般若のような形相で、月森は結を怒鳴った。

「だめっ！」

楓が月森の脚にしがみつき、泣きながら叫ぶ。

「ゆいくん、えーんするの、だめっ！」

「離しなさい、楓さん」

「ちゅ、ちゅきもり、たん、だめなのっ」

月森はため息をついてしがみつく楓を脚から剥がす。そのため息で、この場の空気は凍りついてしまった
「とにかく、社長には私から報告します。あなたにはしばらく謹慎してもらいます」

結の手にあったスマホを取りあげ、月森は「ついてきなさい」と促した。


「しばらくここにいてもらいます。許されるまでここから出られると思わないように」

月森に連れて行かれたのは、庭の奥にある蔵だった。中には六畳ほどの畳が敷いてあり、電灯もあるが窓は高いところにひとつあるだけ。まさに座敷牢（ざしきろう）のような場所だった。

「トイレも布団もある。もちろん、食事も水も差し入れます。だが……」

月森は美しい貌をさらに冷たくして結を見下ろした。

「ただの謹慎ではありません。これは罰です。ここは、天狼一族に害を成した者どもが閉じ込められてきた場所です」

「僕が罰を受けるのはかまいません。でも、楓くんのお世話は……」

「そんなことはあなたの気にすることではありません」

結と一緒に中へ入ろうとした楓を、月森は荷物のように肩に担ぎ上げた。

「ゆいくん、やーっ！」

楓は抵抗してバタバタ暴れるが、月森は結の目の前で重い扉をバタンと閉めた。カチャリと、錠前がかけられる音がする。

「ゆいくん、ゆいくん、やーっ！」

遠ざかっていく楓の声……完全に聞こえなくなって、結は蔵の中を見渡した。

締め切られていたために空気が淀み、カビくさい臭いがする。電灯をつけても、周囲は仄暗く、夜には真っ暗になってしまうだろう。

（これでも、昔に比べれば改善されたんだろうな……）

月森の口調から、過去の凄惨さが想像できた。おそらくは土間のまま、灯りなどなく……拷問などもあったのかもしれない。

想像でぶるっと身震いした。見れば、部屋の隅に小さい網戸があった。網戸といっても細い鉄が斜めに組まれていて、これじゃ鉄格子じゃないか……。

これから夏だ。この鉄格子がなければ、密閉された部屋で熱中症になってしまうだろう。

それで死んでしまえば監禁致死だ。現代を生きる人狼族はそんなことはしないだろうが。

（ここに人が閉じ込められるのは何年ぶりなんだろう……）

ふと思った。死ぬことはないとしても、こんなに狭く暗い場所に閉じ込められたら、心が先に参ってしまう。

天空の家にも同じような蔵があった。あれもそうだったのだろうか。人狼の天狼一族に仕える、天空家に裏切り者が出たりしたら……。

（楓くん……）

今は大和さんもいない。月森さんはちゃんと世話をしてくれるだろうか。楓くんは、まだ泣いているのだろうか……。

悪いのは自分だ。月森が言った通り、すべて自分の甘さが招いたものだ。ＳＮＳや、気軽に撮影できる写真や動画が、あんなに怖いものだとは思いもしなかった。

高校で情報リテラシーの授業があったが、その時はスマホを持っていなかった。パソコンを扱う時はセキュリティに気をつけたが、ＳＮＳとスマホの世界では、個人情報というものは一体どうなっているのか……。

（お友だちと遊ぶ楓くんが楽しそうで、僕も嬉しくて、きっとそこに隙ができたんだ）

結は、危険を想定できなかった自分を責め続けた。

（それに、僕は、楓くんについて嘘を重ねることが嫌だった……）

スマホを持っていないとか、頭に紫外線を浴びたらいけないんだとか、もっとのびのび、本来の楓くんの姿で遊ばせてあげたかった……！

可愛い耳も、もふもふの尻尾も解放して、人狼型でも、狼型でもいいから。

（いくらなんでも、狼型はまずいか）

それこそ、警察まで出動してしまう。結は自嘲的に笑った。

大和さんには自分の口から説明したかった。いつ帰ってくるんだろう……。帰ったら、ここへ来てくれるだろうか。あの人の罰ならばいくらでも受ける……だって、僕は大和さんにシッターとして雇用されたのだから。

（本当にそれだけ？）

即座に結は自分の心に言い返す。

それだけじゃない。大和さんに本当のことを知ってもらいたいんだ。楓くんが楽しそうだったことも、僕が嬉しかったことも、そして、僕が失敗したこともすべて。全部。

「大和さんに会いたい……」

彼にならいくら叱責（しっせき）されてもかまわない――。

だが、スマホは取りあげられてしまった。連絡を取ることはできないし、インスタやツイッターでどれだけ拡散されてしまったのかを知ることもできない。

(どうか、ただの噂、見間違いで終わってほしい)

鉄格子窓から見る外は、もう真っ暗だった。結は、見えない星に願った。


それから、何日が過ぎたのだろうか。差し入れられる食事の回数からして、四日くらいは経ったのかもしれない。

結はただ、湿った布団に座り込んで過ごしていた。鉄格子の外が暗くなっても、電灯をつける気にならなくて、眠りは浅いところを彷徨(さまよ)うだけだった。食事もあまり……いや、ほとんど食べられなかった。

小さな窓があるだけの部屋は暑く、水分だけは摂るようにしていたが、それだって生きるためというより、ただのルーティーンみたいなものだった。

閉鎖された空間は、結の自己嫌悪を深くしていった。そのこと以外に考えることがないのだ。楓に会いたい、大和に会いたい。その名を思う時だけ、心にふっと光が差した。

何日めだったか……うとうとした結は、人狼型の大和の夢をみた。目覚めた結は前にそうなった時のように、滾(たぎ)ったそこを自分で慰めた。

「あっ、やま、とさん……っ」

思わず呼んだ名前の、自分の声の甘さ。僕は、こんなに甘い声を出せるんだ。唇を噛みしめ、結は大和がそこにいない現実に泣いた。

おそらく五日め——結は、布団に転がっていた、座ることもかったるくて、布団に転がって、膝を抱え込んでいた。

鉄格子窓の外は暗い。夕食も運ばれてきたから、午後七時くらいだろうか……。

楓くんはどうしているんだろう。月森さんのいるオフィスで、タブレットを相手に静かにしているのだろうか。楓くんにはその方がよかったのだろうか、僕は間違っていた？

（みな、そういっておった）

ふと、声が聞こえたかと思うと、目の前にぼんやりと小さな生きものが見えた。この蔵にいる、つくも神だろう。火鉢が立ち上がったような姿だ。この蔵のどこかに、火鉢があるのだろう。

（どういうこと？）

（くやんでいたのじゃ）

（ああ……そうだね）

（おのれがわるかったとだれがいうた？）

（だれって……月森さんが）

（おろかじゃ）

（えっ？）

（かんがえがあさい。ひとはおろかじゃ）

（確かに僕は愚かだよ。僕のせいなんだから）

（じつにおろかじゃ。いつもなにかのせいにしておわるばかり）

つくも神はそう言って姿を消した。あとには、奇妙な静寂が残っただけだった。

火鉢にまでダメ出しされてしまった……。結は悔しくなった。だが、その悔しさは、ただ生きていたようなここ数日では、とてもクリアな感情だった。

「考えが浅いって、人の気も知らないで」

知らず、声に出していた。

「よく考えたんだ。でも、壁にぶち当たってしまった。楓くんをありのままに受け止めてくれない世界が悪いんだ」

人やもののせいにするのは本意ではない。だが、これまで知らなかったものと向き合うことで、結も変わっていかねばならない。その急激な変化にも、きっと疲れていた。

「お疲れさまだよ、結」

自分を労ったら少し心が楽になって、火鉢のことをあんなふうに思って悪かったな、と思う。こういう力を持つ自分のことを、祖父は受け入れてくれなかった。外の者に知られたら……そう言って、いつも嫌がっていた。

（ある意味、僕も楓くんと同じだったんだな）

楓くんも、人狼族も、僕も、ありのままに受け入れてくれない世界をどうすればいい？

座敷牢の湿った布団の上で壮大なことを考えている。そんな状況が愉快で、結はくすっと笑った。

いろいろな人がいるけれど、やっぱり人のせいにはしたくない。でも、自分のせいだけにしなくてもいいのかもしれない。じゃあ、どうすればいい？

（いつもなにかのせいにしておわるばかり）

火鉢のつくも神の声がふっと頭を過り、結ははっとして立ち上がろうとした。だが、筋力が落ちているのか、その場に倒れ込んでしまう。

布団の上に這いつくばり、身体を起こそうと結はもがいた。そして考えた。

そうだよ、だったら、人狼族や僕みたいな者が当たり前に生きていける世界になれば、いや、作ればいいんだ！

考えは希望に満ちて明るく力強いのに、身体が言うことをきかない。

「大和さん……」

また弱気に戻りそうになって、名前を呼ぶ。返事はないけれど、その名前を結の耳が聞いている。

この日々は、永遠に続くわけじゃない。今頃、そんなことに気がついて——。

「もうすぐ帰ってきてくれますよね。明日から、ちゃんと食事も水分も摂ります。楓くんとまたいっぱい遊びたいから、衰弱なんてしてられないですよね」

汗だくだった服を脱ぎ、置いてあった浴衣に着替えた。天空の里でよく着ていたから、自力でちゃんと着つけられるのだ。

古い浴衣だったが、心地よかった。今夜から、ちゃんと夜に眠ろう。寝つけなくても横になるんだ。

「おやすみなさい。大和さん、楓くん」

屋根の向こうには月や星が輝いている。狼と言えば月だよね……そんなことを思いながら、結は横たわって目を閉じた。


目を閉じても、ここずっとおろそかにしていた眠りは、深くは訪れてくれなかった。

だが、結は浅い眠りと覚醒を繰り返しながら、うとうとすることを心地よいと感じていた。目覚めたら水を飲む。呼吸で心を落ちつかせ、また、うとうととし始めた。

それからどれくらい時間が経ったのだろうか。

「結！　結！」

名を呼ぶ声と共に、錠前がガチャガチャと音を立てている。

大和さんの声？

ぱっと目は覚めたけれど、起き上がることができない。結は扉の方へと畳の上をいざっていった。

「こんな所に閉じ込めやがって……っ！」

怒る声と共に扉が開き、結が何を考える間もなく、次の瞬間には大和の腕の中に抱き上げられていた。

「大和さん……」

「こんなに弱って……」

一瞬、大和が泣きそうだと思ったのは気のせいだろうか。結は一生懸命に腕を伸ばし、逞しい首にかじりついた。

「大和さん、大和さん……会いたかった……っ」

「俺もだ」

大和の目はやっぱり潤んでいる。だが、返事の意味も潤んだ目も確かめる間はなく、大和は結を抱いて踵を返した。

「出るぞ」

結はもう一度、大和の首にしっかり腕を回した。大和は結を抱いて広い庭を、屋敷の中を駆けていく。月は半月だった。黄色いハーフムーンが、夜を柔らかく照らしている。

結の部屋のベッドに下ろされると、白衣を着た医師らしき人が待っていた。

「かなり衰弱している。とにかく、早く楽にしてやってくれ」

「はい、大和さま」

白衣の彼はテキパキと結の身体を拭き清めて診察を進めていく。ストローのついたボトルで水を飲ませてもらい、結はごくんと呑み込む。身体に染みわたるように美味しい。

医師の側では大和が心配そうな顔をして立っていた。浴衣は解かれており、診察だとわかっていても恥ずかしくなって、結は医師の方へと目を逸らした。

この人は、人狼族のお医者さまなのだろうか。何人かいるっていう？　大和さまって呼んでいるから多分、そうなんだろう。

「辛いところばかりだと思いますけれど、特に辛いところはありますか？」

医師は、目が合うと優しく微笑んで訊ねてきた。とても安心できる笑顔だった。

「あの、脚が、立ち上がろうと思ってもまったく力が入らなくて……」

「私の手を押し返すことはできますか？」

足の裏に手を添えられて訊ねられるが、まったくできなかった。その他、ひと通り全身を診察されたが、気が緩んだのか、医師の手も心地よくて、結は眠くなるほどだった。

「寝てもいいですよ」

「いいえ……」

だって、大和さんが側にいてくれるのに、寝ちゃうなんてもったいな……。

「どうだ？」

不安を含んだ大和の声を、結はうとうとしながら聞く。日向ぼっこをしているかのような、心地の良い眠気だった。

「栄養失調と脱水症状ですね。あと、ほとんど動かなかったのでしょう。筋力が落ちています」

「病的な所見（しょけん）は？」

「ないと思いますが、しばらくは安静にして、栄養を摂って、軽い脚の運動をすれば、筋力も戻ってくるでしょう」

「ありがとう……遠い所を急に呼び出してすまなかった。近くの者は出払っていて……」

「いいえ、大和さまと、天空の方のためですから。何かあればすぐにお呼びください」

人狼族のお医者さまって優しいな……人間も診てるのかな……。

点滴をセットして、医師は部屋を出て行った。急に二人きりになり、結の潜められてい
た鼓動が活力を取り戻して、ドキドキと高まる。眠気も遠ざかっていった。

眠っていると思ったのか、大和がベッドの上に屈んでくる。結の目が開いているのを見
て、彼は驚いたように目を瞠った。

「大和さん……」

「どうした？　辛いのか？」

結は枕の上で頭を横に振った。

「いろいろ、すみませんでした……」

「何も言わなくていい。すべて聞いて、確認済みだ。おまえは何も悪くない」

結はほうっと息をつく。

「僕から、説明したかった」

拗ねるように答えると、大和は微かに笑った。そしてため息をつく。

「月森から報告を受けて、飛んで帰ってきたんだ。あんな所に閉じ込められるなんて……

気が気でなかった」

「辛い、謹慎でした……」

冗談が言えるようになったから、僕はもう大丈夫だ……。結が弱々しく笑うと、大和は一瞬、唇を噛んで、そしてすぐに労るような表情に戻った。

「諸々、話はおまえが元気になってからだ。今はゆっくり休め……」

月森の話はそれ以上、出なかった。結も聞かなかった。

「楓くんは、どうしていますか」

これだけは聞かずにいられない。

「元気にしている。おまえに会いたくて毎日ぐずっていたみたいだが、とにかく元気だ」

「よかった……」

大和の手のひらが顔に触れて、そっとまぶたを押さえられる。なぜだろう、その優しい仕草が急激な眠気を連れてきた。まるで魔法をかけられたみたいに。

「結……」

眠りの国の入り口で、結は大和に名を呼ばれるのを聞いた。答えたかったけれど、もう無理だった。

「わあああああーん！　ゆいくん！」

次の日、大和が連れてきた楓は、結の顔を見るなり尻尾を震わせて号泣した。

「ゆいくん、ゆいくん」

名前を呼びながら泣く楓の手をぎゅっと握る。抱きしめたいのに、点滴（てんてき）で自由にならない腕がもどかしい。

「ごめんなしゃい、かえたん、おみみ、みえたのごめんなしゃい、しゃしん、ごめんなしゃい」

「違うよ、楓くんは何も悪くない。守ってあげられなくてごめんね」

真の姿を晒されるという脅威から。その姿をありのままに受け入れてくれない世界から。楓は、結が閉じ込められたのは自分のせいだとわかっていたのだ。そう思うと、せつなくて仕方なかった。

「月森には、今回の件はやりすぎだと注意……いや、叱責したが、納得していない」

大和の表情は苦々しかった。

「だから、今後月森のおまえへの態度はさらに厳しいものになるかもしれない。だが、そういう時は必ず俺に言え」

「はい」

今は、月森のことは忘れたかった。結は小さな声で答える。二人の話が終わると、楓は結のベッドによじ登ってきた。

「かえたん、ゆいくんとねんねする」

「ダメだ。そこの椅子に座って待ってろ」

大和に椅子を運ばれ、しゅんとした楓だったが、座って向き合うと、すぐに笑顔になった。その側で、大和は結の点滴を外し、新しいのと取り替えるべく手を動かしていた。

「あっ、そうか。大和さんは元々、お医者さまだったんですよね」

「今もフリーランス医師として動くことはある。昨夜は念のために現役のやつに来てもらったがな」

「やまとくん、ちゅうしゃ、いたいよ」

「注射は誰がしても痛いんだ」

二人のかけ合いが楽しくて、結はくすっと笑う。

「大和さんの白衣姿、見てみたいな」

「じゃあ、次に着てきてやろう。おまえが元気になるまで、俺はおまえの主治医だ」

「ええっ？　会社のお仕事は？」

「患者はおまえひとりだから、両立するのもワケないさ」

軽々と言ってのけた大和が眩しかった。不動産会社の社長で、医者で——なんでもできるんだなあ……。彼が自分の主治医だなんてもう、なんて言ったらいいのか。数日前とは世界がひっくり返ってしまったみたいだ。

結の療養中、大和は本当に甲斐甲斐しく体調を診て、世話をしてくれた。白衣姿は言うまでもなくクールで毎日着て欲しかったのだが、一日だけのスペシャルになってしまった。

「久々に着たから、コスプレしてるみたいで落ち着かない」

「似合うのに」

結は不平を述べたが、こんなふうに話せるようになったのは、結が座敷牢を出てからだ。主治医になってくれた日々が、大和との距離を縮めてくれた。それは、彼の硬質な雰囲気の中に確かにある温かさに、直に触れたような感覚だった。

「気分はどうだ？」

聞かれ、脈を取られ、血圧を計ってもらう。弱った脚をマッサージしてくれたり、聴診器を当てられたり、医者としての彼は、不動産会社のクールな社長の顔とは違っていた。

もちろん、社長としての彼の格好よさは、初めて会った日から変わらない。結の部屋で不動産の仕事の電話を取ったり、ノートパソコンに向かったり……。

彼が肩と顎でスマホを挟みながら、シャツの袖をたくし上げる仕草が好きだ。袖から現れる筋肉質な腕や手首まわりにときめく。彼の様々な顔を見ることができて嬉しい。

だが、結は心の片側では、早く本業の社長に戻ってほしいと思っていた。

そうでないと困るのだ。身体に触れられて、そのたびにドキドキしたり顔が赤くなったりしてしまう。心拍数に、きっと表れていたに違いない。聴診器を裸の胸に当てられて、鼓動が高まって、見られているのが恥ずかしくて……。

（次に風邪をひいたら、自分でどこかのクリニックに行こう）

そんなことを思う結に、

「元気になったら、改めて税理の勉強を始めるからな」

大和はニッと笑った。覚えててくれたんだ――結は目を瞠る。この騒ぎで、うやむやになってしまったと思っていたのに。

一方、楓は毎日欠かさず「おみまい」に来た。だが、お見舞いと称して大和の目を盗んでは楓のベッドに潜り込む。結は楓のもふもふ、ふわふわの尻尾が心地よくて、二人して眠り込んでしまい、大和に見つかっては叱られた。

「ゆいくん、もうすぐ、びょうきなくなる？」

「なくなるよ。ゆいくんも、早く楓くんと遊びたい！」

人狼の耳を拡散された日の朝に、大和と見ていたビニールプールはもう届いている。大和が注文してくれていたのだ。この夏はこれで乗りきろう。でも、そのあとは？

体調が戻ってから、結はＳＮＳで例の写真が拡散されている様子を確認した。『人狼都市伝説』『人狼　ツチノコ』などとトレンドに上がり、人狼のコスプレ写真なども上がっている、妙な盛り上がりぶり。

その一方で、これは目を消そうが何をしようが、プライバシーの侵害だとして、投稿者のレンジママが叩かれ炎上していた。レンジママは写真を削除していたが、出回ってしまった写真はスクショされ、コピーされ、完全に消すことはできない。

また、動画配信で文化人類学者の過去の論文が紹介されたり、酷いものになると『人狼は本当にいるのか？』としてエセ学者が討論をしたりしている。あれから二週間ほどしか経っていないのに、なんという変わりようだろう。

「闇だな」

結がシッターに復帰する前日の夜、これからの楓のことを話し合っていたら、大和は吐き捨てるように言った。

「どうして楓がこんなことに巻き込まれないといけないんだ。あいつは、ただ外で友だちと遊びたかっただけなのに」

人狼族について、時には面白おかしく無責任に取り沙汰(ざた)され、きっと、大和は人狼としての誇りも傷つけられたに違いない。結の胸は痛んだ。

その傍らで、楓について自分たちは同じ考えだということに勇気を得て、結は監禁中に考えていたことを話してみようかと思った。

当たり前に、人狼であることが受け入れられる世界を。だが、上手く言葉を集められなくて、考えが壮大すぎて、なかなか切り出せない。

「ＳＮＳっていうのは、情報ツールだ。自分の世界を発信するのは自由だが、人に迷惑をかけてどうする」

「そうですね……」

レンジくんのママも、今回の騒動で何かを感じてくれただろうか……。そうだったらいいな……。

「楓は被害者だ。だから不本意だが、とにかく騒ぎが落ちつくまでは楓を今までのように外で遊ばせるのは控えた方がいいな」

「はい」

結は項垂(うなだ)れる。結局、楓くんが人型を取れるようになるしかないのか。そして、また新しいトレンドが上がれば、人狼の都市伝説騒ぎも薄らいでいくだろう。でも、本当はそこじゃない。そこじゃないのに。

「楓くんは、今日の寝つきはどうでしたか？」

「今日もなかなか手こずった。前に逆戻りだからストレスが溜まっているんだろう」

「明日から、ビニールプールでたくさん遊びますね」

「無理はするなよ」

「はい」

会話が途切れたら、急に静けさが二人の間に入り込んできた。

何か言わなければ、この静けさに押し潰されてしまいそうで気が逸る。だが、何を言えばいいのかわからない。大和は結のそんな様子を見てなぜだか楽しそうに笑い、頬に手を触れてきた。

両手で顔を挟まれるような状態で見つめられ、結はそのまま固まってしまう。

なに？　なにが起こっているの？　結の心はいっぱいいっぱいで、感情の処理が追いつかない。もう、フリーズ寸前だ。

「……なんだろうな。おまえは真っ白で、時々甘やかしたくてたまらなくなる」

「まっしろ？」

それは僕の頭の中だ。結の思考は、大和のまなざしで真っ白に上書きされている。

「あの、たくさん、甘やかしてもらったと思います」

一生懸命に言葉をつなぐと、大和のまなざしはさらに柔らかくなった。

「そういうところがだ」

大和の手がそっと離れていく。結はあがいた。甘やかしてもらって、僕はきっと欲張りになっている。嫌だ、行かないで、もう少し、もう少し——。

「大和さん！」

結は離れていこうとした両手を、ぎゅっと捕まえていた。顔が、かあっと熱くなるのがわかった。

「もう少し……あの、もう少し、側にいてください」

必死の発言だった。勇気をかき集めた。だが、そんな結の思いをどう受け取ったのか、大和は読めない表情で軽くいなす。

「もうすぐ満月だからな、やめておく」

「……」

結の手から力が抜ける。彼が言った意味はわからなかったけれど、ただ、断られたのだということだけはわかった。

大和はそれきり何も言わず、結の部屋を出て行った。

6

いろいろありすぎた六月が終わり、結がシッターに復帰したのは七月の始めだった。

あれから、月森とは顔を合わせていない。酷いことをされた……のだが、それは結にとって、怒りよりも哀しみだった。誰かから憎まれるという哀しみ。

復帰の初日は、朝から太陽がジリジリと照りつけていた。絶好のプール日和だ。結は庭にガーデンパラソルとビニールプールを出した。にょきっとヤシの木が生えた、オレンジとグリーンのカラフルなプールだ。

「これ、なあに?」

楓は興味津々だ。ホースで水を溜めながら、結は楓に笑いかける。

「もうすぐ用意できるから、お楽しみ」

「おたおしみ?」

「おたのしみ。楽しみにしててねってことだよ」

「おたおしみ！　おたおしみ！」

　その言葉が気に入ったのか、連呼してはしゃぐ楓を水着に着替えさせる。レスリングのようなグレコ型ボーダーの可愛い水着だが、もちろん尻尾の穴は開けた。水着を着るのは初めてなのか、楓は、いつもと違う着替えに不思議そうな顔だ。

（可愛い！）

　楓の水着姿をスマホのカメラに収める。もちろん、あとで大和に見せるためだ。そうして改めて庭に出ると、ちょうどいいくらいにプールに水が溜まっていた。

「じゃーん！　これは楓くんのプールでーす」

「ぷーう？　かえたんの？」

　目を輝かせ、楓の耳がぴくぴくする。驚いた時、嬉しい時、楓は耳がぴくぴく動くのだ。

「うん、このお水の中で遊ぶんだよ」

「ぷーう！　わーい！」

　喜びの雄叫び（おたけび）を上げたそばから、楓はプールに飛び込んだ。もちろん結も一緒に入る。

　水は楓のふくらはぎくらいまで。乳幼児はたとえ一センチの水でも溺れる恐れがあると、子育て雑誌『るんるん』に書いてあった。一連の出来事から、いいことも、よくないことも、もっとリアルな子育て情報を知ろうと思い、読み始めたのだ。

もっともっと、楓くんのためにいろんなことを知りたい。

税理士として独り立ちしたいという夢も諦めてはいないが、今は楓のシッターとして一生懸命やりたい。心からそう思ったのだ。

楓は水を跳ね上げて大喜び。一緒に水しぶきを浴びながら、結は復帰できた幸せを感じていた。

「ゆいくん、そーれ！」

思いっきり、水をかけられる。結はトランクス型の水着の上にTシャツを来ていたが、頭からずぶ濡れになってしまった。こうなったら一緒だ。

「やったなーっ」

「きゃーっ」

夢中になって水のかけ合い。ふと気がつくと、Tシャツが肌に貼りつき、透けた生地から、乳首がモロに目立っていた。我ながら、これはヤバすぎる。

(こ、こんなの大和さんに見られたら……)

「あっ、やまとくん！」

なんというタイミング。様子を見にきたのだろう。彼がプールに向かって歩いてくる。

「楓、水はかけるなよ。もうすぐ客が来るんだから」

注意をして、「いいプールじゃないか」と大和はかがみ込む。結はとっさに背を向け、透けた乳首を彼の視線から隠した。

見られた？　タオル、タオルはどこへ置いた？　焦る背に、二人の会話が聞こえる。

「かえたんのぷーうだもーん！」

「買ったのは俺だ」

「おたおしみだもーん！」

「なんだそれは」

かみ合わない会話が普段なら微笑ましいところだが、結はそれどころではなかった。タオル、タオル……水の中でうろうろしていたら楓の足がぶつかり、結は足を滑らせて水しぶきも盛大に転んでしまった。

「ゆいくん！」

頭から水を被り、プールの中で茫然と座り込む結の膝の上に楓が乗り上げてきた。

「だいじょぶ？」

「あ……だい、だいじょぶ」

「すけすけ！」

楓が結の胸を指差す。ああ、子どもは見たままを言う……。それに、すけすけって、そんな言葉どこで覚えたの。

「結」

「は、はい」

答えた声は裏返っていた。膝の上の楓をぎゅっと抱き寄せ、胸を隠す。

「Tシャツは濡れると肌に貼りついて身体が冷える。着るならラッシュガードにしろ」

大和はそれだけ言って踵を返したが、その夜、結は大和から直々に、ラッシュガードの水着を手渡されたのだった。


その夜の風呂上がり、楓は速攻で寝てしまった。プール遊びのあとに昼寝もしたのだが、さすがに遊び疲れていたようだ。

「ふう」

結は浴衣を着て、縁側で涼んでいた。やっぱり浴衣が好きだなあと思い、最近、寝る時はいつも浴衣だ。

大和との勉強会は、来週から開始することになっている。何もかも一度に始めるのはよくない、まだ無理だと大和は言う。

（過保護だなあ）

結はくすっと笑う。大和が自分に対して過保護だと感じられることが嬉しいのだ。そして、早速手渡されたラッシュガードの水着。日焼け防止、怪我の防止、体型カバーなどの説明があるが、直々に用意されるなんて、びっくりしてしまった。

（やっぱり、透けた乳首を見られちゃったのかな）

なんとも言えない恥ずかしさと共に、このラッシュガードは「はしたない姿を見せるな」という意味なのかもしれない……と思う。天狼家をまとめる者として、そういうところは厳しそうだし、そうだよね、男の乳首なんて……。

あの時、先が赤くぷっくりとしていたことに驚いた。こんなのだったっけ？　もっと平らじゃなかった？　いや、そもそも自分の乳首がどんな状態かだなんて考えたことがない。

（なんでこんなに乳首のことばっかり考えてるんだ……）

変態か、と自分を仕切り直し、空を見上げる。今夜は満月だった。夜空に曇りはなく、うさぎが餅をついているというシルエットまでもがよく見える。

「綺麗だな……」

楓くんと大和さんと、お月見したいな。九月の中秋の名月にはお団子を作って、ススキを飾ろう。楓くんと一緒にお団子づくりしたら、喜ぶだろうなあ……。

その様子が頭に浮かび、ふふっと微笑む。こうして未来のことを想像できるのが嬉しい。これから楓をどうやって守っていくのか、問題はまだ、何も解決していないのだけど。

そして大和のこと――。

この感情を恋と呼んでいいのではないかと結は考え始めている。

結にとって、恋は本や映画の中で知るものだった。だが、人を恋うるどころか、誰かを大切だと感じる感情さえ、ここで楓と過ごして初めて知ったのだ。だから、以前の結は恋愛映画でも、小説でも、恋心に共感するということがなかった。

だが、今、心の中に確かにあるこの思い。嬉しくても、哀しくても、胸がきゅっと痛む。

彼の側にいたい。いてほしい――。

（でも、この前、もうすぐ満月だからダメだって言われた……）

だったら、一緒にお月見なんてできないよ……でも、なぜ？

満月といえば、狼が思い浮かぶ。輝く月を背に、雄々しく立つ姿だ。

あの時、拒絶されたみたいで、とても哀しかった。勇気を振り絞って言ったのに……。

結はふーっと息を吸い込んだ。大和に助け出された時、黄色く見えた月は、今日は銀色で神秘的だ。月から発せられるオーラを身体中に吸い込むように、とても清々しい気分だ。

「大和さん……」

そっと呟く。

「一緒に月を見たいよ……」

湯上がりの身体も、心もいい具合に涼しくなっていた。そろそろ部屋へ戻ろうと振り返ったその時。

「今、俺を呼んだだろう」

大和が立っていた。いつの間にここへ？　足音にも気づかなかった。それに、あれは完全にひとりごとのつもりだった。

彼は、普段と様子が違っていた。いつも精悍ながらクールなのに、高い熱量を感じる。彼の身体中から発せられるそれは、結の涼んだ身体を炙るようだった。

「そんな……格好をして」

浴衣のことを言っているのだろうか。声を発した彼の口元がきらりと光る。結は無意識に細い上半身を自分で抱きしめていた。

なに？　と思う間もなかった。銀灰色の耳を立たせた大和は、結を掬い上げるように勢い良く抱き上げたかと思うと、部屋へ続くふすまを荒々しく開けた。

「大和さ……」

ふすまがぴしゃりと閉まる音とともに畳の上に組み敷かれる。灯りのついていない部屋は、ふすまから差し込む月の光で照らされていた。唇が落ちてくるのが見え、塞がれて言葉を奪われた。それだけでなく、荒々しく唇を吸われる。

「んっ……はっ……」

息が継げない。苦しくて首を振りたくったら、唇を解放され、見下ろしてくる大和の野性的な表情に心臓が大きく跳ねた。

「もうすぐ満月だと、俺は言ったはずだ」

「だから……なんのこと……?」

さっきの荒々しいキスが二度めのキスだったなんて思う余裕もなかった。ギラつくような大和の目に必死でついていく。口元で光ったものは牙だと気づく。

「おまえは何も知らない。知らなすぎる」

人狼だ。大和は人狼型になっている。窮屈そうにシャツを脱ぎ捨て、ボトムも下着も引き裂くように脱ぎ捨てる。立派な狼の尾が、ふぁさっと現れた。

なんて逞しくて美しい姿だろう。結は目を奪われる。以前、バスルームで見たよりも野性的で、ああ、この人は狼なのだと思わずにいられない。

「満月の俺をあんなふうに誘うなどと……!」

浴衣の合わせを肩まで割り開かれる。

「やっ……！」

顕わになった乳首が恥ずかしい。だが、手首を掴まれてどうすることもできない。

「見ないで……」

「こんなに赤くして、今更抗うのか」

「だって、恥ずかしい……！」

結の口から出たのは拒絶ではなかった。

なぜだろう。「止めて」という言葉が出てこない。理性が働かない。下半身は形ばかりバタつかせているが、本気の抵抗はどこにもない。人狼の荒ぶった裸体を見ただけで、結の茎は芯を持ち始めていた。

「恥ずかしがることはない。綺麗だ……おまえは無垢で、こんなにも清らかだ。いつもそう思っていた。だが、俺はもう……俺をどうすることもできない。月が俺を滾らせる。まっさらなおまえを欲情で汚したい……！」

「清らかなんかじゃない……！」

胸の上でぷっくりと赤く熟れている乳首を思い、人狼型の大和を見るだけで欲情する男の部分を思い、結は抗う。

「胸をこんなにして、あ……あそ、こも大きく……なって」

猛々しい目のきらめきがふっと優しくなって、大和は結の茎から乳首までを撫で上げた。

「そんなに可愛いことを言うくせに、浴衣の下に何もつけていないのはどういうわけだ」

「浴衣の下、には、何も着ない、のが本来で……あ、なに、ダメ、それダメ……っ」

何がダメなのかもわからないのにそう言ってしまう。そして大和は止めない。結の両手首を片手で掴んで、片方の手のひらで何度も何度も優しく粒を撫でる。

「そのすべてが美しい。水に濡れた乳首を見た時から俺はもう、おまえが欲しくてたまらなくなった」

ふと、戒められていた手首がほどかれる。大和はふるんと勃ち上がった結の茎を舐め上げ、そのまま薄い腹を舌先で辿って、乳首をも舐め上げた。

「ああっ……！」

背中を駆け上げるものをなんというのか。知らない、知らないけれど。

「僕が、欲しいんですか……？」

「欲しい。おまえが欲しい」

熱に浮かされたように大和は呟き、深く唇を合わせてきた。蠢き、侵入してくる舌に、結はそろそろと自分の舌を触れ合わせる。

「嬉しい……」

欲しいとは抱きたいということだろうか。なんでもいい。結は求められることが嬉しかった。今まで、誰にも求められることなどなかった。だがここへ来て、楓に求められる愛しさと、大和に惹かれる心を知った。誰でもいいんじゃないんだ。心惹かれた人に求められる幸せを、僕はもっと、もっと知りたい。

「あなたが、好きです……」

手を伸ばし、凜と立ち上がった耳から髪を撫でる。これが、大和さんの狼の耳……。心から湧き上がる愛しさを持て余し、結は大和の頭をぎゅっと抱きしめた。交互に何度も耳にくちづけた。

楓くんを愛おしんでいて、とても大切にしていて、そんな大和さんが好き。僕を信頼して、楓くんを任せてくれて、そして弱った僕を手厚く介抱してくれて、そんな優しいあなたが好き。人狼姿がとても格好良くて、好き、好き、好き——。

「好きです……」

「結……っ」

そこから大和は激しくなった。身体中に漲る滾り（みなぎ）をぶつけるようにして向かってくる。性急さを感じるが、それほど求められているのだと思うと、結は幸せで震えた。

身体中を——自分でも見たことのないところまで、指でまさぐられる恥ずかしささえ、幸せだった。

「痛いだろう……優しくできなくてすまない」

詫びる声も切羽詰まっている。確かに狭いところを太い指でぐりぐりされるのは、痛みはあったが苦痛ではなかった。それどころか、時折、背中がぞくっとして、首を仰け反らせてしまう。

「あう……っ、だい、じょうぶ……」

それよりも、止められる方が嫌だった。

「こんなに、いっしょう、けんめい、な大和さん、初めて、見ました……っ」

「おまえが、欲しくて欲しくて、たまらないからだ」

ぐりぐりを止めて、舌で潤される。揺れる屹立も舌で煽られると、下腹を引き絞られるような感覚に襲われる。

「こんなところ……どう、する、の……あ、あ、あ……——」

口調が甘えたものになってしまっている。訊ねる途中で舌が入り込み、奥まで入り込み——結は言葉を失う。

セックスのやり方は知っている。だが、それは性教育の授業で聞いたもので、男性器を女性の膣(ちつ)に入れるとしか……指と舌で愛撫されながら、結は身をもって知る。

そうだ。男同士はここに挿れるんだ。僕の、ここに大和さんのものを。そう思ったら急に不安になった。

大和の水を弾きそうなくらい張り詰めた肌に、うっすらと毛が生え始めていた。その身体の中心にそそり立つものが、結を震撼させる。

「無理です……はいら、ない……おおきい……」

泣きそうだった。こんなに求められているのに、あなたを受け入れられないかもしれないなんて。

「たとえ、すべてできなくても……おまえが欲しい。結が欲しい」

いつしか、指にも毛が生えていて、なかを擦られ、また新たな快感を知る。

「結……優しく、できなくて、すまない……」

大和は結の腰を掴んで荒々しく身体を翻した。もはや、丁寧とはいえない所作にまで、身体はぞくぞくする。ほぐされた入り口を彼の目の前に晒した結は、畳に肘をついて顔を擦りつけた。

「なんども、謝らないで……」

「結……っ」

掴まれた腰にあてがわれたものが、ぐっと押し込まれる。無理だと思ったのに、結の身体は大和のかたちに開いた。入り口がこれ以上ないくらいに開いて、彼を受け入れているのがわかる。その部分が引きつれて痛い。だが、我慢できない痛みではない。彼を呑み込んでいく喜びの方が大きかった。

「なんで……なんで、入る、の……っ」

「おまえが、沼のように俺を引き込んで、行くんだ……結、結」

「あ、あああ……っ、まだ、はい、る……っ」

それは快感と言うよりも、充実感に近かった。身体の悦びよりも、心の喜び。結は大和を根元まで咥え込み、むせび泣いた。

「痛いのか？」

「いいえ……」

結は涙を啜る。畳の上には落ちた涙のあとができていた。

「うれしい……」

大和は毛でざらついた手のひらで、結の下腹部を撫でてくれた。

「ここに、俺のものが入っている。わかるか……」

触れてみたら、下腹部が大和の形に少し隆起していた。ああ……と結は実感する。

「これが、欲しいということ……？」

「そうだ……おまえを身体の隅々まで欲して、ここに己を刻むんだ」

二人で両手を重ねあって、そこに触れる。なんという幸福感だろう。時折、なかでぴくりと大和が動き、そのたびに結の背中に戦慄が走った。

「うあ……っ、大和さんが、いる……大きく……なる……あ、ああ……やああっっ！」

突然叫んだのは、大和が腰を打ち込むように、動き始めたから。大和の動きでなかの粘膜を擦られ、爪先から頭の先まで、一気に駆け上がるものがある。結の茎は白い飛沫を吹き出し、大和の動きは激しくなった。

「あ、なに……なに……？　やあ、ああ……っ！」

指先が勝手に震える。大和が動くたびに、受け入れているところがひくひくと収縮を繰り返していた。

「結、結……っ」

やがて、結のなかで大和は射精した。だが、律動は止むことなく、大和の大きさも熱も衰えない。それどころか、隘路が濡れたために動きが滑らかになり、一度も抜かないままに、大和は律動と射精を繰り返した、
結はそのすべてを恍惚として受け止めた。支えられていた腰ががくがくと震えだしても、大和とつながっていることが嬉しくて、懸命に身体を保った。夢中だった。

身体のなかからあふれ出した大和の精液が太股を伝って流れていく――。

大和は再び結の身体を反転させ、しっかりと腕に抱き直した。朦朧とし始めた意識の中で、キスが優しくて、長くて……。

大和さんの「欲しい」を叶えることができたんだ……求められた喜びで、結の目から、つうーっと涙がひと筋流れた。

あなたが好きだから、嬉しい――。

「結、すまない……おまえを汚してしまった……」

ぎゅっと抱きしめられ、大和が言ったが、結はもう、何もわからなかった。


目覚めたのは早朝だった。ベッドサイドのデジタル時計は五時を指している。部屋はほどよくエアコンが効いており、結はベッドに寝かされていた。

昨夜の記憶はしっかりとある。まどろむ余裕などなかった。目の前の椅子に大和が座り、じっとこちらを見ていたからだ。

「起きたか」

「あ、お、おはよう、ございます……」

昨夜の記憶が結の頬を赤くさせ、声も小さくなってしまう。

結はボクサーショーツとTシャツに着替えていて、身体もこざっぱりとしている。……畳の上で、剥かれた浴衣がどろどろになるまで、汗と、その……大和や自分のもので汚れにまみれていたはずなのに。

「死んだように寝ていたから、身体を拭いて着替えさせた。すまないが、クロゼットを勝手に探させてもらった」

「い、いいえ、そんなこと」

ふわふわしているのは自分だけだ。大和は昨夜の行為が嘘のように、精悍で毅然としていた。白いシャツは胸元まで開けられているが、これからでもすぐに仕事に出かけられるくらいに、いつも通りのぱりっとした大和だった。

「昨日は……酷くして悪かった」

ややあって口を開いた大和は、クールな表情はいつも通りだが、言葉を詰まらせた。彼なりに緊張しているのだろうか。

「いいえ……僕が望んだことで……！」

身体を起こそうとして、結はくったりとシーツの上にくずおれる。酷くはないが、あらぬ部分にも鈍い痛みがあった。

「起き上がれないだろう。俺のせいだ。俺が暴走してしまったから。満月のせいで」

「……え？」

「満月が俺をおかしくした。……こんなこと、言い訳にするなど情けないことだが」

満月？

「俺たち人狼の雄は、満月の夜に発情する。欲情を抑えきれなくなって、子を成す本能が止められなくなるんだ」

ずん、と一段低い所へ落とされたような感覚があった。子を成す本能？　じゃあ、昨夜の大和さんは、月に支配されていたというの？

「言い訳って……僕は、あなたに求められて嬉しかった。こんなに誰かに求められるなんて初めてだったから。でも、それだけじゃありません。あなたが好きだから何をされても嬉しくて、恥ずかしくても嬉しくて……」

結は大和の視線から目を反らした。声が震えてくる。

「大和さんは、満月だから狼の本能で僕とああいう……ことをしたっていうんですか？」

「違う！」

大和は即答で否定した。

「いくら満月でも、誰でもいいわけじゃない。俺は、おまえだったから抱いたんだ。ただ、もっと優しくしたかったんだ。真っ白なおまえを心地よい快感で包みたかった。だが、俺は制御が利かなかった。真っ白なおまえを汚してしまった気がして仕方ないんだ」

口惜しそうに、大和は唇を噛む。それは彼の真摯な気持ちであることは伝わってきた。だが——。

(今、おまえだったから抱いたと言われたけれど、それはおまえが好きだからだと解釈してもいいの?)

それは自分本意な拡大解釈なんじゃないだろうか。結の中に、大和の言葉を素直に受け取れない自分がいる。それは、やはり大和の言うことが言い訳に思えてならなかったからだった。彼自身がその言葉を使ったことが。そして、汚してしまったと言われたことが。

「優しいとか、優しくないとか、僕は何が基準なのかわかりません」

ふと大和の顔つきが変わった。いきなり水を浴びせられたような、そんな表情だった。

水を浴びせた結は言う。自分の心の中に「頑固の虫」が生まれるのがわかった。祖父に支配されて育っても、結は自分の中に頑固さがあるのを知っていた。発動するのは——稀なのだが。

「だから、僕はただ、あなたに求められたことだけが嬉しかったんです、あなたが好きだから。やっとわかったんです。初めて知る感情でした。これが恋なんだって。あなたも、僕も男だけれど……」

「そんなことは関係ない。結！　俺だっておまえが好きだ！」

悲痛にも聞こえる大和の声が、結の心にしっくりと響かない。

でも、あなたは言い訳をした。汚したかもしれないと言った。歯車がカチっと音を立てずれるのがわかった。その音は大和にも聞こえたのだろう。二人の間に、触れるのをためらってしまう、微妙な空気が横たわった。


その日、起き上がれない結の元へ、楓が遊びに来てくれた。

「ゆいくん、またびょーき？」

楓は心配そうに訊ねてくる。

「うん、ちょっとね」

本当は病気などではないのだが……いたたまれない気分の結のベッドに肘をついて、楓はきらきらした目で見上げてきた。

「なおったら、ぷーうできる？」

「できるよ。あしたの、あしたくらいだったら」

「やったー！」

その日の食事は、大和がすべてベッドまで運んでくれた。だが、気まずさが互いに拭えずに、どこかよそよそしいというか、目を合わせられない。

「ありがとうございました」

「ああ、また下げにくるからな」

そんななんでもない会話を、自然にしているつもりでも……。

「ゆいくん、やまとくん、けんか？」

結の部屋で一緒に朝食を食べていた楓が、卵サンドをもぐもぐしながら訊ねる。結は驚いて、スープカップを落っことしそうになった。

「そんなことないよ、なんで？」

どぎまぎしながら答えると、楓はふーんという感じで牛乳をごっくんと飲んだ。

「むずむず、あったから」

「むずむず？」

「うん、むずむず」

ケンカではない。だが、今の二人を表すのに「むずむず」はとてもぴったりな表現だと、結は楓の、子どもの洞察力の鋭さに手も足も出ないと思ってしまうのだった。

そんなむずむず状態はしばらく続いた。

少し頭が冷えたら、大和が言いたかったのは、人狼族と満月との関係だったのだと思えるようにはなった……のだが、言い訳、汚したという言葉を使われたことは今だに消化できなかった。

恋を自覚したらすぐ、セックス……（だよね、あれは）になって、小説や映画のようなおつき合いは確かになかった。だが、結はおつき合いがしたかったのではないのだ。

（でも、大和さんはそういうことをしてから、セックス……したかったのかな）

おつき合いってなんだ？　デートというやつ？　えーと、一緒に映画に行ったり、お茶をしたり？　だって同じ家に住んでるのに？

そもそも、大和がデートしている姿は想像できない。結も実際に、周りにいた人たちがおつき合い、デートをしている様子を見たことも聞いたこともないから、その先が浮かばない。

それとも、そういう過程を踏まなければならないものなのだろうか……僕みたいに、好きとセックスが直結するのはいけないことなのかな……。

（ダメだ、悩みの沼に沈みそう）

「ゆいくん、ここ」

結を沼から引っ張り上げてくれるのは、やっぱり楓だ。楓は自分も眉間にシワを寄せながら、結の眉間を指差す。以前、楓の機嫌が悪かった時に、結がそうやったのを覚えているのだ。

「楓くん、大好き！」

結は思わず楓をぎゅっとする。こういう時、本当に、自分に楓という存在がいることが幸せに思えてならない。それが、自分の中にある、天狼家の跡取りを守り育てるという天空の血だとしても、なんでもいい、結はその巡り合わせに感謝している。

身体は回復した。今日も快晴だ。

「プール、しよっか？」

「しゅる！」

楓は自分で「みじゅぎ」を着ようと奮闘中で、素材的に普段の服よりも着にくいものだから、うんうんいいながらがんばっている。そんな姿を見ると、成長したなあ、と嬉しくなるのだ。

（お父さんやお母さんにも見てもらいたいな）

楓の父は亡くなったが、母は離婚して出て行ったとしか聞いていない。聞かない方がいいのだと思っていたが、楓の成長を感じるたびに、見てもらいたいな、見たいだろうなと思うのだ。

楓が母に捨てられたのでなければいいなと結は思っている。何か止むに止まれぬ事情があって、楓を置いて家を出たのだと……。では、自分の両親は？

どういういきさつがあって、僕はお祖父さまのもとにいたんだろう……ぽっかりと抜け落ちた記憶の穴が、最近、楓を思うたびに結を辛くさせる。

「ゆいくん、できたー！」

楓は得意になってバンザイする。耳も尻尾も嬉しさでぴくぴく、ぱたぱたしている。

「やったね！　楓くん！」

褒めながら、結は肩の捻れた部分を直してやる。すごいすごいと、またぎゅっと抱きしめる。

大和が買ってくれたラッシュガードの水着を着込んだ結と楓は、いざ、庭のプールへと向かう。だが、大和はあれから、プール遊びの様子を見にくることはなかった。

八月の入道雲を仰ぎながら、真夏のプール遊びは最高に楽しかった。ペットボトルに穴を開けて作ったシャワー、きらきら光るビー玉集め。楓はグレコ水着の形を残して日焼けして、そんな自分の姿を見ては大はしゃぎ。毎日どんなに楽しいかを夕食の時、大和に語って聞かせていた。大和は今まで通りに笑って耳を傾け、月森は「日焼けは身体によくありません」とダメ出しをする。結が「ちゃんと日焼け止めを塗っていますから」と言っても無視で、今まで通りだった。

結と大和の「むずむず」は日々、大きくなっている。楓が寝たあとの勉強会も、淡々と続いていた。

「あ、それは違う。ここの計算は……」

結に説明しようとして、大和の肩と結の肩が触れ合うと、互いに身体をすっと離す。あとに残るのはぎこちない空気だ。大和を意識しないように、結は学習に没頭しようと努めた。

だが、ある日、爆弾は唐突に落とされる。

「ゆいくん、やまとくん、かえたんとおふろしよ！」

楓がそう言いだしたのだ。あの満月の夜からそろそろ二週間。新月の頃を迎えていた。むずむず状態をさらに感知した楓が、なんとかせねばと思ったのか、まったくの思いつきなのかはわからない。そして、大和はあっさりと「わかった」と答えた。

「で、でも、あの、僕は止めときます。大人二人が入ったら狭いですし」

困惑する結に、楓は耳をぴくぴくしながらねだる。

「ゆいくんもー！」

これも楓くんのため……自分に言い聞かせ、大和があっさりと入ると言ったことが少々シャクに触っている。素直になれず、ぐるぐるしているのは僕だけで、大和さんにはもう、どうでもいいことなんだろうか……。

(僕だから抱きたい、って言ってくれたのに)

「ばんじゃーい！」

楓は半裸の大和に服を脱がせてもらっている。それからおもむろに自分も脱いで、大和は楓と一緒にバスルームに入っていった。

(……っ)

その間、結は見事な体躯に目を奪われてしまっていた。こんな……こんなだっただろうか。あの時は夢中でよく見えていなかったものを、見せつけられた思いだった。

(あの身体に、僕は抱かれていたのか……)

下着を脱ぐのも忘れて突っ立っていたら、「ゆいくーん！」と楓に呼ばれてしまった。

(えーいっ！)

気合いを入れて中に入ると、楓は泡だらけになって、大和に洗ってもらっているところだった。

「あと、僕がやります」

「ああ」

短く答えて楓を託し、大和は自分の髪や身体を洗い始める。

(見るな、見るな)

思いながらも気になってしまうし身体は熱くなってくる。濡れ髪の横顔、シャワーを浴びる立ち姿、堂々と晒される濡れた裸身が刺激的すぎて、くらくらする。

楓と先に湯に浸かった大和は人型のままだった。今日は変化しないのかな。人狼型の大和さん、見たいな……心の中はもはや、思春期の少年だ。

「失礼します」

前屈みになって湯船に入る時、大和がふとこちらを見て、視線が合ってしまった。

真っ赤になって思わず俯いたら、大和は窓のほうに視線を逸らした。外からは見えない大きな窓の向こうはライトアップされた坪庭だ。その上の夜空に、今夜、月はない。

「あひるしゃん、ちょーだい」

結がいくつかあひるを浮かべると、そこは一気に和んだ空間になった。

(そうだよ、これは家庭のひとコマ……僕の考えすぎなんだ)

心の中で念仏のように唱え、楓の「あひるしゃんかぞくごっこ」の相手をする。

「これ、やまとくん、これ、ゆいくん」

楓は、二つのあひるをぎゅっと胸に抱き、二人を交互に見た。

「やまとくん、ゆいくん、ふたっとも、かえたんだいしゅき！」

「楓くん……！」

結があひるごと楓を抱きしめると、楓は嬉しくってお湯をばしゃばしゃさせた。

「俺もおまえが大好きだよ、楓」

「きゃーっ！」

大和にも言われ、楓の興奮はマックスだ。

（なんか、いいな、こういうの……）

大和の身体を気にしてばかりいた自分なのに、楓はこんな幸せをくれるのだ。

「楓を頼めるか？　俺はもう少し浸かってから出る」

「わかりました」

入った時よりも落ちついて、結は楓と一緒に風呂から上がった。

新月からそろそろ十日。次の満月が近づいてきていた。

務めて平静にしていた結だったが、カレンダーを見るたびに、だんだん落ち着かなくなってくる。

大和さんは、また人狼になって発情するんだろうか。これは、期待なのか、不安なのか。

だが、八月の満月は台風に見舞われた。楓が風の音を怖がって眠れないので結は側を離れられず、大和が人狼になったのかどうかもわからなかった。

つまり、何も起こらなかったのだ。

たぶん両思い……なのに、恋はこんなに平行線をたどるものなのだろうか。

恋愛経験値がゼロの結にはわからない。わからないけれど、もどかしい。キスさえすることなく、日は過ぎていく。月森の態度も変わらない。ただ、楓だけに変化が見られた。

台風のあと数日、庭のプールで遊んだけれど、さすがに飽きてきたのだろう。楓は、外へ行きたいと言うようになった。

「かえたん、こうえんいく」

そう言って、外遊び用のリュックを背負い、玄関に座り込むようになったのだ。

人狼写真拡散事件から、二ヶ月が過ぎようとしていた。飽きっぽいトレンドは次の話題に移り、「人狼都市伝説」のワードは見かけなくなっていた。

「もう少し、待った方がいいだろう」

大和は言い、結は別の理由で——楓を受け入れない世界への答えが見つからないままで、外へ出るのをためらった。

　床に思いっきり紙を敷き詰めて大胆にお絵描きができるようにしたり、木登りができるように、ロープで梯子(はしご)を作ったり、屋敷の中で気分を発散して遊べるよう、いろいろ工夫をしてみたけれど、どれも続かない。理由はわかっていた。楓は、ただ家の外に出たいのだ。外で、自分と同じ年くらいの子がいる場所で遊びたいのだ。

　本来なら、四月から三年保育の年少クラスに入る年頃だ。楓がそう思うのは当然だし、結もそうさせてやりたい。だが……。

「どーして？」

　お外に行けないの？　楓は涙目で訴える。

「かえくんのお耳を見て、また大騒ぎになるかもしれないんだ。だから、もう少しの間だけお家で遊ぼうね」

　的を得ない、うやむやな答えに、楓は納得しない。

「いやーの」

　目に涙を溜め、楓は首を振る。結は、祖父に「私が許す時以外、敷地の外に出てはならない」と言われた時の自分を思い出していた。結にとって、祖父は怖くて、逆らえるような存在ではなかった。

どうして、学校の友だちと遊んではいけないの？

一度だけそう言ったら、おまえは私の言うことを聞いていればいいのだ、と言われた。

あの時の幼いながらに抱えた絶望感――。だが幸い、自分には自然豊かな天空の里があった。人の出入りは限られてはいても、自分を癒やしてくれる場所があったのだ。

でも、楓くんは違う。

こうしてはいられない。大和との気まずさを引きずりまくっている場合ではない。結はオフィスに向かい、ちょうど出かけようとしていた大和を捕まえた。

「楓くんのことで、相談したいことがあるんです」

結が切り出すと、大和は驚いた顔を見せた。

「俺も今、おまえにそう言いに行こうと思っていたところだ」

同じことを考えていた？　恋はすれ違っても、こうして、楓のことでは通じ合えるのだ。心なしか、大和の表情も柔らかく感じた。

「では、今夜、楓が寝たら話そう」

そして夜、結と大和はリビングで向かい会った。

外に出られないことでぐずるようになった楓は甘えも強くなり、結と同じベッドで眠りたがるようになった。だから週二回の学習会も、ここ最近はずっとリビングでやっている。

空気が濃い自室で大和と二人きりになるよりも、結にとってはありがたいことだった。

冷えた麦茶のグラスを挟み、ここ最近の楓の様子を聞いた大和は、深くうなずいた。

「いつまでも閉じ込めておくわけにはいかない。それは俺も考えていた」

大和も困っていたのだ。

「僕がずっとついていることができる園がないか、探してみます」

もうそれしかないだろうと、結は考えていた。

「帽子を取らない」ことをわかってくれて、他の子にも約束を促してくれる、ある一定の規律が保てるところ。不用意に写真を撮られないところ。そう思うと、何らかの集団生活の方がいいのではと思えた。だが、保護者が見守ることを認めてくれるような園があるだろうか。しかもまた、その諸々な理由を考えねばならないのだ。

(耳と尻尾のある楓くん、こんなに可愛いのにな)

だが、凹んでいては前へ進めない。

「俺も探してみる。楓のためにきっといい方法があるはずだ」

大和がそう言ってくれると力が湧いてくる。結はしっかりとうなずいた。

「結」

これまでとは違うトーンで名前を呼ばれる。いつもの硬質な口調ではなく、こう、もっと……。結の胸はそれだけで高鳴った。

「結はいつも、楓にとって最もよいことを考えてくれる。おまえを税理士として採用しなかったのは悪かったが、俺は本当に、おまえが楓のシッターになってくれてよかったと思っている。ありがとう」

大和は改まって再びそんなことを言い出した。見つめられるのは、あの満月の夜以来だ。驚いて、結は目を瞠った。それに、と大和は一瞬だけ目を伏せて、また結を見つめた。

「互いの気持ちも置いてきぼりのままで……俺は自分が不甲斐(ふがい)なくて仕方がない。だが、もう一度チャンスをくれ。俺の気持ちをもう一度、説明させてほしい」

テーブルに置いていた結の片手を取り、大和は唇で指に触れてきた。

「いや……説明ではないな。こういうものの言い方が俺の悪いところだ」

大和は静かに苦笑する。身体中の血液すべてが、くちづけられている指に流れ込んでしまったみたいにどくどくいっている。指が火傷しそう……。結は、懸命に言葉をつないだ。

「あっ、あの、チャンスって……」

「次の満月の夜に。必ず」

「は、はい……」

「俺は、満月を耐えてみせる。それがおまえへの誠意だ」

指から、大和の手と唇が離れていく——代わりに近づいてきたものは、大和の顔だった。

ど、どうしよう……結はぎゅっと目を瞑った。

　その時だった。

「楓さんが泣いていますよ」

　冷たい声が、重なりかけていた二人の距離を遮った。ぎくりとして目を開けると、リビングのドアのところに月森が立っていた。いつの間に……結は愕然とする。

「ノックくらいしろ」

　大和が不機嫌な声で言うと、月森は薄く笑った。

「天狼宗家の主ともあろう方が、私の気配もおわかりにならないとは」

　そして、ぞっとするような冷たい目が結に向けられる。

「聞こえませんでしたか？　楓さんが泣いています。主を誘惑などしていないで……」

「結を引き留めたのは俺だ！　それに結は……」

　大和は荒々しく月森の言を遮る。

「失礼します」

　結はリビングから走り去った。ただ、憎しみをたたえたあの目が、声が怖かった。

　楓は泣くどころか、結の枕に寄り添ってすやすやと眠っていた。その様子を見て一気に気が緩んだ結は、その場にぺたんと座り込んでしまった。

大和にくちづけられた指はもう冷えていて、ただ月森への悔しさ、怖さだけが上書きされていた。


結が通う園は、思ったよりも早くに見つかった。最近開園されたばかりの、二〜三歳くらいの子どもが中心の、幼稚園のプレスクールのようなところだ。

クラウドファンディングで運営され、保護者の見守りは自由。子どもたちは各々、好きな玩具や好きな場所で遊んだり、時にはみんなで集まって歌を歌ったり、絵本の読み聞かせを聞いたりする。午前中、週に三回だけだが、好きな時間に行って好きな時間に帰る。

結が帽子を取れないわけは、詳しく聞かれなかった。「いろいろなお子さんがおられますから」そう言われ、通ってきている親子について詮索をしない旨の同意書を書いた。

「探せば、いいところがあるんですね」

見学と申し込みに出向いた日、楓はご機嫌で、ぐずることなく早くに寝た。結もほっとひと安心で、月森のために沈んでいた心も浮上していた。大和も一緒に来てくれたのだが、彼はさっきから、園のパンフレットにずっと見入っている。

「どうかしましたか？」

何か気になる点でもあったのだろうかと訊ねると、大和は「いや」と答え、結がハンドドリップで淹れたコーヒーをひと口飲んだ。

「美味（うま）いな」

大和はしみじみと言う。

「本当ですか？」

結が目を輝かせると、大和は「俺の好みの味だ」と、想定外のことを言う。結は真っ赤になり、「も、もっと練習します！」と答えて、大和を微笑ませた。

大和が「チャンスをくれと」言った日から、こんなふうに、二人でいる空間に甘さが滲むようになった。

次の満月は、明日……。月は、ほぼ丸くなっている。大和の言うチャンスを思うと、結はドキドキしっぱなしなのだが、月森のことを考え、必要以上に二人になることは避けている。でも、今夜は、大和さんがコーヒーを飲みたいと言ったから……。

一方、大和はコーヒーを飲みながらやっぱり何か考え込んでいる。

結が不安げな顔をすると、大和は資料の最後のページを見せた。それは、園の立ち上げに関わったスタッフの一覧で、すべてニックネームで記されている。

大和はその中の『Ｙｏｋｏ（ヨーコ）』という名前を指した。

「ヨーコ？　この人がどうかしたんですか？」

「ニックネームだし、よくある名前なんだが、もしかしたら俺の知り合いかもしれないと思って。園の掲げるテーマだが、彼女がよくこういうことを言ってたんだ」

大和は口を噤んでからも、何かを考えていた。そしてパンフレットを閉じ、結をキッと見据える。

「言っておくが、そういうのじゃないからな。断じて」

「何もそんなこと思ってません」

結は笑いを堪えながら答えた。え？　とうろたえる大和が可愛く思える。

満月は明日の夜――中秋の名月だ。そんな月夜に、大和は、どんな姿を見せてくれるのだろうか。

窓の外では丸みを帯びた月が、優しく夜を照らしている。

明日から楓は登園だ。自分も今日は早めに寝よう。コーヒーの道具を片づけながら、結は新しい日々と、満月に思いを馳（は）せた。

「やーの！　まだあしょぶのっ！」

翌日、帰る時間になっても、楓は帰らないと駄々(だだ)をこねた。

プレスクールがすっかり気に入って、結が一緒なのも嬉しくて、たくさんの遊具や玩具に、思いっきり走れるグラウンド、アスレチックに、絵本でいっぱいの素敵な部屋、そして年齢も性別も国籍も様々な、楽しい先生たち。ここは楓にとってパラダイスのようだったらしい。

気に入ってくれたのは嬉しいが、駄々をこねる楓に言い聞かせていたら、結と同じ年くらいの先生が、「楓くーん！」と声をかけてくれた。

「また、あしたのあした、ここで遊ぶって先生と約束しよ！」

「あしたのあした？」

「うん、あと二回寝たら。ね、すぐでしょ？　おもちゃも絵本も、どこにも行かないで楓くんを待ってるよ」

「しぇんしぇも？」

「もっちろん！」

彼女の朗(ほが)らかな説明に納得した楓は、にこにこ笑顔で指切りげんまんをする。

（さすが、プロだなあ）

お礼とさよならを言っての帰り道、楓は、楽しかったこと、面白かったことを喋り続けていた。帽子の件も、先生が最初に『ぜったいにしてはダメなこと』として、話をしてくれた。楓の帽子の件だけでなく、他の子のこともいくつかあった。

『あぶないこと、お友だちのいやーなことが、ダメなこと！』

何々してはいけませんよ！　と眉根を寄せるのではなく、先生は明るくみんなに話していた。

「おもちゃたんも、えほんたんも、おともだちなの」

楓は、意気揚々として結に説明してくれた。結もその時側にいたのだが、楓が先生の話をちゃんと理解して、守ろうとしていたことが嬉しかった。

「だから、なげるの、やぶるの、だめなの」

「そっかあ、おもちゃくんも絵本くんも、みんなに大事にしてもらってきっと喜んでたね」

「うん！　やまとくんにもおしえてあげう！」

初めて公園に行った時もすごく喜んでいたけれど、楓はあの頃より、ひと回り成長したと思う。楓を頼もしく思いながら、結は安全運転で屋敷へ帰った。

ところが、楓ははしゃぎすぎたのか、おやつを食べてうとうとし始め、夕方には寝てしまった。狼の姿に戻っているので、これは相当疲れたのだろう。

「大和さんへの報告は、明日におあずけだな」

丸めた尻尾の中に鼻を埋めて眠っている姿に微笑んで、結は楓の部屋を出た。

スマホを置き忘れてきたことを思い出してリビングに向かうと、何やら不穏に言い争っている声が聞こえてきた。

（大和さんと月森さん？）

結は思わず、ドアの陰に立ち止まった。立ち聞きはよくないと思いながらも留まってしまったのは、自分の名前が聞こえてきたからだった。

「結の独断ではないと言っただろう」

大和の声だった。独断……もしかしたら、楓の入園のことで言い争っているのだろうか。

「俺も納得して決めた。結もついていられるし、何よりも楓のためだ。いつまでも遊びたいさかりの子どもを家に閉じ込めておくわけにはいかない」

「以前も同じようなことをして失敗したのをもう忘れたのですか？　楓さんを外へ出すのは、人狼族の存亡に関わることなのですよ？」

いつも物静かで冷たい月森が激昂している？　結は戦慄を覚えずにいられなかった。

「また同じことを繰り返せば、今度こそマスコミや、もの好きな奴らにつけ回されます。その時に注目を浴びるのは楓さんじゃないですか」

「天狼の跡継ぎだからこそ、楓は外の世界で様々なことを学ぶ必要がある。人狼族存亡の危機だからこそ、どんな困難にも立ち向かえるように……それに、今度は前のようなことにはならない。結と俺がしっかりと調べて選んだ。楓の教育係は結だ。おまえが口を挟むことではない」

大和が言い切ったあと、今度は月森が吐き捨てるように言った。

「ほら、まただ。結、結、結。あなたはあの天空の者が現れてから、すっかりあれの言いなりだ」

「話をすり替えるな！」

「もう手をつけたのですか？　そんなに骨抜きになるほど、具合がよかったのですか？　あんな……人狼でも狼でもないただの人間が！」

「黙れ！」

空気が震えるほどの怒号だった。大和がこれほどに怒るのを、結は聞いたことがなかった。やはり月森は結のことになるとあからさまに敵意を剥き出しにする。

「そして、天空の里についてあなたはどう考えているのです？　例のリゾート開発ですよ」

（天空の里？　リゾート開発だって？）

初めて聞く話だった。結は耳をそばだてる。

「天空は、結が相続した土地だ。決めるのは結だ」

「今頃、何を言ってるんですか」

月森はせせら笑った。

「あの世間知らずの坊やから、天空の土地を取り戻してリゾート開発にかける。それが最初の目的だった。元々、天空の里は天狼家が天空に与えたものだ。取り返して何が悪いんです。だが、あなたは本当に……あれに出会ってから変わってしまった」

「目が覚めたと言ってもらおうか」

たたみかける月森に、大和も負けてはいなかった。

「結に出会って、俺はいろいろ目が覚めたのさ。天空の里は結のものだ。誰にも好きにさせはしない」

「あなたという人は……！」

月森の声は、腹の底から絞り出すようだった。

「長年、仕えてきた私よりも、彼を優先するというのですね！」

結は耳を塞いだ。これ以上聞いていられない……！

その時だった。

緊張して張り詰めた空気を、玄関チャイムの音が破った。ピンポン、ピンポンと、この場にそぐわない間抜けな電子音が忙しなく鳴る。

（こんな時に？）

結は慌てて玄関へと走った。言い争っていた二人も毒気を抜かれたのだろう。リビングは静かになっている。こんな時だからこそ助かったのかもしれない。

「は、はい」

インターホンのモニターには、女性の姿が映っていた。

「どちらさまでしょうか」

「妖子(ようこ)です」

モニター越し、妖子と名乗った女性は、長い髪をかきあげた。

『あなたこそ誰？　とにかく開けてちょうだい。妖子が来たって言えばわかるから』

随分慣れた感じだ。結がドアを開けると、彼女は大きなキャリーケースと共に、天狼家の玄関に乗り込んできた。彼女の迫力に押され気味の結に、彼女は不敵に笑いかける。

「そんな怯(おび)えた顔しなくても、怪しい者じゃないわよ。あたしは楓の母親よ」

「ええっ？」

楓くんのお母さん？　結は驚いて腰を抜かしそうになった。

7

満月の夜には、さまざまなことが起こるという。

「妖子！」

勝手知ったる感じでリビングのドアを開けた彼女を見て、大和もまた心底驚いていた。

「久しぶりね。二年ぶりかしら。元気そうね、大和くん」

「……おかげさまで」

「お久しぶりです。妖子さん」

「ああ、月森。あなたも変わりなさそうね」

「はい」

「なあに？　あなたたちいい年してケンカでもしてたの？　部屋の空気が不穏でむせそう」

妖子は手で顔を扇ぎ、図星を差された二人は黙っている。

大和をくんづけで呼び、月森を呼び捨てにするこのひとは、さらに二人をばっさりと切って捨てた。楓の母だと言ったけれど、なんだか只者(ただもの)ではない感が発散されている。

勝ち気そうで美しい目鼻立ち、モデルのようにスリムで背が高い。スタイリッシュな細身のパンツスーツを着こなして、堂々とした立ち居振る舞い。このひとも人狼族なのか。

「楓は……もう寝てるのかしら」

「はい」

結が答えると、妖子は「あら?」という顔をした。

「楓のシッターをしてもらっている、天空結だ」

「天空の……ああ、そうよね。天空以外の人間がこの家に出入りするわけないわよね」

大和の紹介を受け、妖子の言い方は少々皮肉めいていたが、妖子は結に向けて愛想よく笑いかけてきた。

「改めて、楓の母の花狼(かろう)妖子です。あの子がお世話になってるみたいで、ありがとうね。どう? やんちゃで仕方ないでしょ? なんといってもハイブリッドだから野性的だし」

「とっても可愛いです。いつも僕の方が楓くんに癒やしてもらっています」

「そう……いろいろ大変だと思うけど、よろしくね」

「こちらこそよろしくお願いします」

結が頭を下げると、妖子は優しい顔で微笑んだ。さっき、大和と月森をやりこめた人とは別人のようだった。

（お母さんなんだなあ……）

笑顔には楓への愛情があふれ出ていて、結はせつなくなった。

「インスタであの子の耳が出た写真を見てね、驚いて本当は飛んで帰りかたったんだけど、とにかく抱えてる仕事を大急ぎでやっつけて帰ってきたの」

妖子は大和に向かってスマホをかざす。そこには、例の楓の画像があった。

「そんなことだと思った。けど、帰ってくるなら知らせろよ」

「ああ、ごめんごめん、楓に会えると思ったら気が逸(はや)っちゃって」

妖子は小首を傾げて笑う。大人の女性だが、これを小悪魔っぽいというのだろうか。

「明日、あの子に会ってもいいかしら」

「別に俺に断ることはないだろう。あんたの子だ」

「上総(かずさ)さんはそう言ってはくれなかったから……でも、そうね、あの頃から大和くんはあたしに寛大だったわよね」

「同級生だからな」

（同級生？）

「積もる話がおありでしょうから、私はこれで失礼します」

月森が頭を下げてリビングを出る。結は二人に熱いお茶を出した。月森が出て行ったのを見届けて、妖子は大和に言う。

「相変わらず月森はサイボーグみたいね」

彼女は歯に衣着せないタイプらしい。サイボーグ……結は妙に納得してしまった。だが、先程は珍しく感情を荒ぶらせていた。

「それで、あなたたちは相変わらずなの？」

「俺たちの何に変わりようがあるっていうんだ。社長と顧問弁護士兼秘書兼税理士だよ」

「ふうん……」

妖子は意味ありげに呟いて、お茶を啜った。

「では、僕も失礼します。どうぞごゆっくり」

結が頭を下げると、妖子はにっこり笑った。

「泊まっていくけど、勝手知ったる家だから気を遣わないでね」

「泊まっていくのか？」

「そのつもりだけど？」

二人の軽快な会話を聞きながら、結はドアを閉めた。気の置けない友人みたいな感じというのか。

（楓くんのお母さんってことは、大和さんの亡くなったお兄さんの元奥さんってことか）

深い事情は知らない。ただ、お兄さんが亡くなる前に離婚したとだけ……。

思いを巡らしながら、自室のドアノブに手をかけた時だった。

「！」

いきなり背後から抑え込まれ。手で口を塞がれた。もがくけれどびくともせず、結はそのまま部屋の中に引きずり込まれてしまった。

そのまま後ろ手にカギをかけ、自分を床の上に放り出した男を見て、結は驚愕した。

「月森さん！」

「喋るな」

結の手首を押さえつけ。月森は自らのネクタイを解き、結にさるぐつわを噛ませた。

「んーっ！　っっ！」

足をバタつかせて抵抗するが、大きな身体にのし掛かられて抑え込まれてしまう。

（月森さん、なんでっ？）

細身に見えるが、身体の自由を奪おうとする力は強く、手首に指がぎりぎりと食い込んでくる。大和の時には感じなかったのに、自分より大きな男に抑え込まれる恐怖と共に、冷たく見下ろしてくる眼が怖くてたまらない。

「おまえさえ現れなければ、私はこれまで通り、あの人の側にいられたのに」

冷たい眼は、やがて凶暴な光を宿し始める。口元に光る牙は、今にも結の喉を掻き切るかに思えた。人狼化している……！　頭の上に、黒い耳が立つのが見えた。

「たとえ、この思いが叶わなくとも、それでよかったのに……それが、おまえのせいで！」

（まさか……！）

結は月森が大和に抱いていた思いを悟った。激しい嫉妬が文字通り牙を剥き、結に襲いかかろうとしている。だから、あれほどの憎しみを感じたのか。

「んーっ！」

「おまえのせいで、あの人は本当に変わってしまった。人狼族の長である誇りを汚したのはおまえだ。私の言うことなど何も聞き入れようとされず、楓さんのことまでも……！」

（違う、大和さんは本当に楓くんのことを愛している。人狼族のことだって、いつも考えてる。優しい心を持っているんだ！）

心の内で叫びながら、結は頭を振りまくった。視界が回り、吐き気が込み上げてくる。

月森の眼に、憎しみの熱量が増した。

「私がおまえを汚したら、あの人はどう思うだろうな」

「！」

「愛するものを奪われる苦しみを、大和さんに知らしめてやる……おまえなぞ抱くのは本意ではないが、仕方あるまい」

「ん――っ！」

なんてことを……紙一重で憎しみに転じる愛情があるなんて。この人が、それほどまでに大和さんを愛していたなんて！

月森さんに奪われるなんて絶対に嫌だ。嫌だ！

結は力の限りに暴れて抵抗した。だが、人狼と化した月森の力に敵うはずがない。

月森は爪と毛の生えた手で結の視界を覆った。こめかみに、指がきりきりと食い込む。

「眼を閉じていれば、あっという間に終わる」

「ん、っ――！」

――眼を閉じるがいい。そうすれば、あっという間におまえは――。

結の脳裏に、かつて同じようなことを言われた記憶が急に流れ込んできた。

あれは誰だ？　誰にそうされた？　そう言われた？

――おまえは、生まれてこれまでの記憶をすべて忘れ去る！

奪われた視界、こめかみに食い込む節くれ立った指。あれは、あれは――。

お祖父さまだ……！

走馬灯のように、結の脳裏を様々なシーンがフラッシュバックする。一瞬のうちに何枚もの絵が流れては消える。幸せそうな若い男女、すくすくと育つ赤ん坊——母親は、赤ん坊にほおずりして語りかける。

（結、あなたの名前はね——人と人の縁を結ぶという意味があるの）

誰だった？　僕の記憶の海に漂っていた言葉を語りかけていたこの人は……。

「なんだ？　急におとなしくなって。気を失ったか？」

結は目を見開き、身体を硬直させていた。膨大な情報に思考が着いていけなかった。

しばし、月森は手を止めたが、やがて、結が着ていたポロシャツを引き裂いた。

「ここはもう可愛がられたのか？」

結は胸をひくっと上下させた。尖りに触れられた嫌悪感ですぐに我に返る。

助けて、助けて、誰か僕を助けて！、大和さんを呼んで——！

その時、結が机の上に置いていた眼鏡がカーテンから漏れる月光にきらりと反射した。

長年、文字を読む時だけに使っている眼鏡だ。

（その所業、許すまじ）

眼鏡はより強く反射して、直接月森の目を攻撃した。眼鏡からふわりと浮き出したつくも神が結の目に映る。

（あれは……！）

「うあああっ」

月森は鋭い光線から目を覆う。その隙に、結はさるぐつわを思い切り噛みきった。さっきまで何度やろうとしてもできなかったのに、口に噛まされていたネクタイがちぎれ、結はあらん限りの声で叫んだ。

「助けて！　大和さん……っ！」

「結！」

数秒もしないうちに、人狼姿の大和が現れた。カギをかけられていたドアは蹴破られ、怒りのオーラで尾がゆらゆらと立ち、逞しい身体中をわなわなと震わせている。

「大和さん！」

「結！」

大和は広い胸に結をしっかりと抱き留めてくれた。だが、その身体が熱い。血が沸騰しているのではないかと思うほどの熱さだった。

月森は唇を噛みしめ、大和を見上げる。それは、獲物を奪われた獣のような眼だった。

大和への思いは昇華してしまったのか、剥き出しの敵意が漲っていた。

「許さん！」

大和が叫んだ途端、身体がみりみりと音を立て、獣のそれに変わっていく。牙はより鋭く、灰色の毛に覆われた脚はがっしりとその場を踏みしめ、尾を大きく揺らしながら、大和は結の前で狼の姿に変化した。

（大和さん……！）

驚きはもちろんある。だが、なんて立派な狼なんだろう、なんて美しい狼なんだろう。その思いの方が勝っていた。

ぐるる、と喉を鳴らし、大和は月森に近づいていく。爪で床に傷を刻みながら歩み寄る。

「大和さん、あなたは……」

「何か言うことがあるか。俺の結になぜ手を出した？　理由によってはその喉を噛みきってやる！」

青みがかった黒い目が煌めく。

「そんな物騒なことやめてちょうだい。スプラッタはごめんよ」

緊張で張り詰めたこの場に水を差したのは妖子だった。人狼姿のまま、月森は壊れたドアと妖子の間から、逃げるように部屋を出て行った。

「話の途中にいきなり人狼姿になって、客をほったらかして何をしてるかと思ったら……」

妖子は部屋をぐるりと見渡す。

「あられもないカッコの男の子と、尻尾を巻いた人狼がひとり、そして怒りまくった狼が一頭。いったい何があったの？」

「あっ、あの……これは……」

頬を染めた結と目があった妖子は、あら！　と口に手のひらを当てた。

「もしかして、修羅場ってやつ？　あたし、お邪魔だった？」

狼姿の大和は、はあっとため息をついた。


なんという濃い一日だっただろう。

楓の入園、楓の母が現れ、結は月森に襲われかけ、失われていた記憶が覚醒した。そして大和は狼の姿になった。

今、結はブランケットごと、人型に戻った大和の腕に包まれている。妖子の登場で毒気を抜かれ、大和はあれからほどなく、人の姿に戻ったのだった。

「側にいて……」

様々なショックで心細かった結は、大和の胸に縋り、大和は黙って受け止めてくれた。

何から話せばいいのか……逞しい胸と腕に守られて、結はほうっと安堵の息をつき、出てきたのは賞賛の言葉だった。

「大和さんの狼姿、素敵だった……野性的で格好よくて……ああ、上手く言えないけど」

語彙の少なさがもどかしい。到底、それだけの言葉では表せないのに。

「そうか、結があの姿を見るのは初めてだったな」

答える大和の声は穏やかだが、少し早口だ。彼が照れている時、やや早口になることを、結はもう知っている。

「あの時、どうして狼の姿になったんですか？」

「狼型を取るには大きなエネルギーが必要だ。怒りや喜びや……満月のパワーだったりな」

「満月……」

今夜だな、大和はそっと結の額にキスをした。もう、それだけで心臓が飛び出しそうだ。

「今日は、不意におまえの叫び声が頭の中で響いて、気がついたら部屋を駆け出し、おまえと月森の姿を見たら、おまえを奪われたのではないかという怒りで狼の姿になっていた」

「……とっても、綺麗で素敵な狼だった。美しくて、燦然としてて……」

今度はさっきより上手く言えたかな？　そうか、と大和はやっぱり照れている。

「今から思えば、妖子が来てくれてよかったのかもしれないな。あの場が本当の修羅場になる前に収束して」

修羅場……そう言えば、喉笛を噛みきってやるとか言ってたっけ……結の不安そうな表情を受け、大和は結の髪を優しく撫でる。

「あれは、愛する番を守るため、狼として敵を前にした時の本能だ。だが、きっとおまえが理性を取り戻させてくれたんだろう」

大和の顔がすぐ近くにあって、結は自然に目を閉じた。重なる唇の温かさが愛しい……。触れるだけの優しいキスは、結に落ちつきを取り戻させてくれた。

「大和さんに僕の声が聞こえたのは、つくも神が力を貸してくれたからだと思います。僕がずっと使ってた眼鏡が月森さんの目に光を反射させてくれて、きっと、他のつくも神も」

「それは、きっと結が、彼らが宿るものを大切にしてきたからだな。その、眼鏡とか……あとはなんだろうな」

ずっと、天井の隅に半獣の小さなものが貼りついていた。蜘蛛に似ていて、毎朝毎夕、おはようとかおやすみとか言ってたから、彼？　が助けてくれたのかもしれない。

ものに宿るつくも神や、不思議な異形のモノたちが見え、時に会話できるこの力は、祖父による能力と記憶の封印によっても、結から奪い去ることはできなかった。

結はもう一度、ぎゅっと大和にしがみつき、聞いてくれますか？　と問いかけた。聞かせてくれ、と大和はまた、結の頭を撫でる。

「僕は、祖父によって十歳の時にそれまでの記憶を封印されました。母が亡くなった時です」

結は語り始めた。静かに、取り戻した記憶の糸をたぐり寄せるように。

「僕には、優しい父と母がいました」

彼らのことを思うと、記憶はほんのりと桜色に染まる。結が住んでいたのは、天空の里ではなかった。ごく普通の、どこにでもある家族向けアパート。窓を開ければ、近くの小学校の桜の樹が見え、桜色の記憶はそこにつながっているのかもしれなかった。

父が仕事に行っている間、結は母と二人で過ごし、母は子守歌のように結に語って聞かせた。柔らかい抑揚、済んだ声――結は母のその語りが大好きだった。

――結、あなたの名前にはね、人と人を結ぶという意味があるの。

――むすぶ？

――リボンを結ぶように、人と人とをつなげて、切れた縁を結び直してほしいの。

――えんってなあに？

――運命、みたいなものかな？　結も、大きくなればきっとわかるわ……。

母は儚(はかな)く笑う。その笑みは、いつも幼い結の心をきゅっと痛くした。

——断ち切られてしまったリボンを結び直して……そうすれば、いつかまた、みんなで仲良く暮らせる時がくる。昔のようにね。

——むかしむかし？

——そう、昔むかし、立派な狼の一族と、彼らに仕えた、天空の一族がおりました……。

そうして、人狼族と天空家の昔話が語られる。どんな絵本よりも好きだったのは、自分に天空の血が流れていたからだろうか。

だが、ささやかな幸せは長く続かなかった。父が突然倒れて、やっと医師が到着してすぐに、あっけなく亡くなってしまった。いつも結を軽々と肩車してくれた、逞しい体躯に恵まれた父だった。それが急に——。結が七歳の時だった。

哀しみにくれる母の前に、ひとりの威厳ある人物が現れた。立派な髭(ひげ)を蓄(たくわ)えたその人をひと目見て、結は「怖い」と感じてしまった。

彼は母の父だった。夫を亡くしたばかりの娘に、彼の言葉は思いやりの欠片(かけら)もなかった。

「人狼の男などと一緒になるからこういうことになるのだ。大方、人狼族の医者が間に合わなかったのだろう」

怖いけれど、母を苛(いじ)める彼に、結は小さな身体を張って立ちはだかった。結の周りには、小さな異形のものたちが、応援するようにふわふわと漂っていた。

「おかあさんをいじめないで！」

だが、祖父は思いもしないことを言い出した。とても、嫌な口調だった。だが、それなら、この人にも「見える」のだろうか。

「儂を最後に、潰える力だと思っていたものを……！」

そして怒りの矛先はまた母親に向けられる。

「このような子を産んだおまえの責任だ！　人狼族と交わった上に、禍々しい者をこの世に生み出しおって！」

「お父さま……！」

母は祖父に肩を揺すぶられながら訴えた。

「私のことは、なんと言われてもかまいません。でも、この子にはなんの罪もないこと。そのようなことは仰らないでください」

「人外の能力を持って生まれてきたことが罪なのだ！」

――つみ？　つみってなに？

結にその言葉の意味はわからない。ただ、祖父は自分の存在を全否定しているのだということはわかった。

――なにがダメなの？　つくも神さまが見えて、いろんな子たちとお話ができることの、なにがいけないの？

両親と約束し、その力は家でしか使わない。結はごく普通に幼稚園に行って、小学校一年生になっていた。力を使って、誰にも嫌な思いをさせたり、酷いことをしていない。それなのに、こうして「生まれたことが罪」なのだと罵倒（ばとう）される。

「おじさんは、本当にお母さんのお父さんなの？」

お母さんに酷いことを言って、信じられない。結が震える声でぶつけた言葉に、彼は憮然として答えた。

「お祖父さまだ。おまえに呼ばれたくもないがな……」

＊

「そうして、父は人狼の里に葬（ほうむ）られたそうです。優しそうな老夫婦が来て、お骨を持って帰っていきました。すごく山奥なんだそうです。それ以上のことはわからなかったし、母も祖父に見張られて、一緒に行くことはできなかった。今思えば、彼らは父方のお祖父さんとお祖母さんだったんですね」

結がふと息をつくと、大和はまた優しく頭を撫でてくれた。

「おまえは、天空の者と人狼族の間に生まれた子どもだったんだな……」

「そうだったみたいです。でも、人狼の力はまったく受け継いでないんじゃないかな」

「昔から、そういう婚姻はあったとは聞いているが、主従の掟として、生まれた子は人狼の籍には入れられず、人里で育った。人狼の力は受け継がれず、皆、人の子だったらしい」

「僕は、なんだか嬉しいです。ほんの少しでも大和さんと同じ血が流れていることが」

「俺もだ」

微笑み合いながら、唇を啄むキス……だが、大和の唇は性急になり始める。

満月だから……？　キスを受け止めながら、結はうっとりと考えていた。

やがて、キスは止む。結は無自覚に、大和の唇をなぞっていた。

「僕は今、好きな人と一緒にいられて幸せだけど、お母さんとお父さんは駆け落ちだったのかもしれません……」

でも、父が亡くなるまでの日々、僕たちはきっと幸せだった――。

「そうだな。天空翁は天狼家を、人狼を嫌い抜いていたからな」

――そうして、母と結は天空の家に連れ帰られたが、母は断固として本宅に住むことを拒否したので、二人は天空の里の外れに二人で住むことになった。もっとも、監視されていたのはいうまでもないが、それでも祖父と一緒に住むよりはずっとよかった。結は地元の小学校に転校して、それなりに静かな日々が訪れたが、母は泣いていることが多かった。

「お母さん……」

そんな時、母は結を抱き寄せ、あの言葉を紡ぐのだった。

――結、あなたの名前にはね、人と人を結ぶという意味があるの。

――うん。

――リボンを結ぶように、人と人をつなげて、切れた縁を結び直してほしいの。

そうして、元々身体の弱かった母は失意のうちに亡くなり、結は祖父の元に引き取られた。今日から天空の姓を名乗るのだと言われた結は、十歳になっていた。

「お祖父さまは、僕のことを嫌っていたでしょう?」

「だが、天空には跡継ぎが必要だ。この天空の里を守り、受け継いでいく者が。人狼の生き残りなどの好きにはさせない」

「人狼の生き残り?」

「人狼であることを隠して、不動産業を興しているやつらだ。この里の管理はずっと昔からその不動産会社に抑えられているのだ。いいか、儂が彼らの好きにさせなかったように、おまえも天空の里を守れ」

祖父は嫌いだが、天空の里は好きだ。十歳の心ではそう思うだけで精いっぱいだった。

気がつくと、祖父の大きな節くれ立った手が、結の顔に伸びてきた。

「これから、おまえが生まれてから今までの記憶をすべて消す。そうすれば、あの禍々しい能力も一緒に消えるだろう。天空の血に、野蛮な人狼族の血などいらぬのだ。血を消せないならば、記憶をなくすしかないだろう」

「なんで？　どうしてそんなことするの？　そんなことしたら、お父さんもお母さんも忘れてしまう……嫌だ、やめて……！」

逃げようとしたが。祖父の側近らしき屈強な男たちに抑え込まれてしまう。

「やめて！」

笑いながら、わざとゆっくりその手は近づいてきた。結は思わず叫んでいた。

「どうして？　どうしてそんなに人狼族を憎むの？　僕が持ってる力をいらないっていうの？」

「……いいだろう、教えてやろう。どうせ、すぐに忘れ去るのだからな」

祖父の笑顔は恐ろしかった。彼は昏い喜びさえ浮かべた目で結を見る。

「かつて人狼族は、私がただひとり欲した者と一緒になることを許さなかった。腹の子さえ流れてしまい、私は自分も、女も普通の人間であったらと思わずにいられなかった。そうだ、私もおまえと同じ能力者だった。だから引き裂かれたのだ。当時の人狼族の長は、波風を立てず、静かに暮らすことだけを望んでいた。今更、能力者などと血を混ぜたくなかったのだ。そして儂は天空の遠縁筋の娘と結婚し、おまえの母親が生まれた。そしてあろうことか、人狼族の男と恋仲になったのだ」

「僕と、同じ力……」

結は、口の中だけで呟いていた。

「つまらぬ昔話をしてしまった。さあ、すべて忘れてしまえ——————！」

祖父の手のひらが結の視覚を奪う。指が、こめかみに食い込む。痛みに結は気を失い、そうして目覚めた時には、何も覚えていなかった。ただ、結がもつ不思議な能力は失われず、祖父は結をできうる限り人から遠ざけた。

＊

「辛かったな、結」

話し終えてひと息ついた結を、大和はぎゅっと抱きしめてくれた。

「もう、何も心配することはない。これからは俺が守るから。天空の里のことも含めて、俺が全力でおまえを守るから……」

真摯な言葉を伝える大和の頭には、いつしか耳が生えていた。ちっとも怖くないけれど、口元には牙も見える。

「ずっと側にいてください……天空の里を守れと祖父は言ったけど、僕はあなたを信じます。僕も、僕にできることであなたを支えるから……側にいます。ずっと」

胸に寄せた耳からは、熱い鼓動がどくどくと伝わってくる。きっと尾も、ボトムに収まりきらず、あふれ出てきているだろう
「大和さん、身体が変化してきてる……我慢しないで」

「今夜は発情を抑えてみせる、あの日、俺は満月のせいでおまえを抱いたのではない、そのことを証明する」

「大和さん、そんな……」

「だから、このまま安心して眠れ……おまえは疲れ切っているはずだ。これほど多くのことが一気に起これば……」

大和の口調は優しく、無理している様子はうかがえない。だが、熱く速い鼓動や、時おりぴくりと動く筋肉が、彼が何かを耐えていることを伝えていた。

「ごめんなさい。あの時は、僕が悪いことを言ったから……」

満月だから抱いたのかと……そして、言い訳という彼の言葉に傷ついた。だが、今は彼の本心がわかる。大和と築いてきた時間が、大和はただ発情を結に向けたのではないということを信じさせてくれていた。

「言い訳という言葉でおまえを傷つけたのは俺だ。だから、おまえを求める気持ちが発情のせいではないことを証明したいんだ」

「わかってる……もう、わかってるから」

結は、自分から大和の唇にキスをした。羽がそっと触れただけのような一瞬のキス……まだこんなに拙い、幼いキスしかできないけれど、結の心は決まっていた。

「もし、僕が今、大和さんに抱いてほしいって言っても我慢するの……？」

いつも正していた言葉遣いは、甘えるものに変わっていた。ねえ、と結はもう一度、大和にキスをした。

「僕が、大和さんを欲しいんだって言っても……？」

驚きで、大和の目は見開かれる、彼の目はもう、青みを帯びた黒に変わっていた。

「だが、結……」

大和は戸惑っている。結はさらに、触れもせずに芯を持ち始めた茎を、彼のそこに擦りつけた。結の中に流れる人狼の血が、満月のもと、結の発情も暴こうとしていた。

「抱いて、ください」

触れ合った大和の雄が、どくんと音をたてて反り返った。ボトムのジッパーを弾けさせ、ボクサーの前を窮屈そうに押し上げている。

大和は結を勢い良く抱き上げた、その勢いで大和の腕の中でバウンドしてしまった華奢な身体が、再びしっかりと抱きしめられる。

「なんて情けない男なんだ。俺は」

彼は大股で歩きながら、口惜しそうに言い捨てる。

「おまえからそんな言葉を言わせてしまうなどと」

「……どっちから言ってもいいと思う……お互いに好きなら……」

結の言葉に、ふっと表情を緩め「そうだな」と大和は呟く。

自室の部屋のベッドに結を横たえ、大和は縁側に続く御簾のようなブラインドを上げた。

満月の光で、部屋が明るく照らされる。ああ、この光が大和さんに僕を欲しがらせるんだ。

そして、僕も。

強く、熱く。

結の衣服は月森に引き裂かれていたので、包まれていたブランケットを取られたら、いきなり乳首を赤くした半裸の姿を晒すことになった。恥ずかしい、でも、あなたを思うだけでこんなになった赤いここを見て欲しい。

「どうしてそんなに美味(うま)そうな色になっている?」

決して責められているのではないけれど、まるで叱られているような口調が嬉し恥ずかしい。結は思わず両手で胸元を隠してしまった。

「七月の満月の夜に、あなたにされたことを思い出すと、こうなってしまうんです……だから、今日、月森さんに触られそうになって、嫌で、嫌でたまらなかった……!」

自然と涙がこぼれる。大和は結を背中から抱きしめ、首筋に顔を埋めてきた。

「悪かった……二度と、誰にも触らせない。こんな思いはさせない」

そのまま、隠していた両手を開かれ、背後から指で触れられる。捏(こ)ねられ、撫でられ、弾かれて……結はそのたびに声を上げた。

「あっ、いっ……ああっ」

「こうされるのは、好きか……?」

「好き……あっ、大和さんに、されるから……す、好きっ……ああっ」

背中をよじって顎を突き出し、胸を突き出し、悶える自分の姿が、大和にさらなる火をつけたことを結は知らない。大和はまだ自分を抑えていたようだったが、衣服を脱ぎ捨て、背中から結に覆い被さってきた。そして、結に自分の指をしゃぶらせる。いつもの長い指ではなく、ごつごつと逞しい、短い毛が生えた指だ。喘ぐ代わりに、結は夢中でその指をしゃぶった。

「結……おまえが受け入れてくれると思ったら——今日の発情は、この前くらいでは済まないかもしれない」

言いながら、大和はもう、結のハーフパンツと下着の中に手を差し込み、尻のあわいを擦り始めていた。指は結の唾液で濡れていたから、その性急な動きに苦痛は感じない。ただ、下腹部に熱くて重いものが溜まっていくのがわかる。

なかへの入り口を擦られながら、そこに、長く変化した舌の動きが加わるのを感じながら、結は喘ぎながら懸命に答えた。

「大和さんの全部、僕にぶつけて欲しい……好き、好きだから、好き、ああああっ、好き」

「結……っ」

大和は尻の向こうでふるふると揺れる茎の裏側に舌を這わせ始めた。長い肉厚の、既に獣のものと言ってもいい舌で、結の茎は包み込まれてしまう。気持ちよくて、よくて、とろけそうで、足腰から完全に力が抜けていた。とろとろにされて、結の身体を支えているのは、シーツについた肘から下の腕と、腰を掴む大和の左手だけだった。

「あっ、イク……あっ、大和さ、出る……イク……っ」

いつも清潔感あふれる結の晒す痴態、喘ぎ声に、大和の高揚感は登り詰めていく。

「出せ、我慢するな」

「あああ……っ――」

放出した結は、シーツの上にぱたんと身体を落とす。出したもので濡れそぼった茎、大和の舌で濡れた秘所をすべて晒したままで。

「大和、さん。人狼の、身体みせ、て……」

結の身体を助け起こし、クッションに寄りかからせて、大和はその正面に膝をつく。何も身に着けていない精悍な身体は、肩も胸も、より固い筋肉をまとい、太股から膝のラインは、まるで彫刻のように浮き出た筋肉が美しかった。その中心にそびえ立つ雄は言うまでもない。そして、綺麗に尖った銀灰色の耳と、ふぁさっとシーツに流れる立派な尾。

「かっこいい……」

結はうっとりと言った。

「ごめんなさい、いつもこの言葉しか出てこなくて」

そう、初めて会った時も思ったのだ。こんなにかっこいい人を見たことがないと。

「最高の賛辞だ」

二人は腕を絡ませあい、正面から抱き合う。

「満月のおかげで、結の身体が隅々まで見える」

そう言いながら、大和は結の身体をまさぐる。腰の稜線、肩甲骨のくぼみ、細いながらにもふっくらとした、腰から続く二つのふくらみまで。

彼になぞられる手の感覚が少しずつ違ってくる。最初、短い毛が生えていた手には、重ねた指に絡まりそうな長い毛が、そしてそれは腕の方まで伸びていく。

月光を全身に浴びながら、大和は天を仰いだ。みりみりと音をさせて身体が変化していく。やがて、銀灰色の大きな狼が結の前に現れた。

「きれい……」

思わずひとこと。そして、恥ずかしそうにつけ加える。

「やっぱりいつも同じようなことしか言えない……」

「最高の賛辞だと言っただろう？　……すまない、結、俺はやはり発情による変化を止められなかった」

にっこり笑って、結は大和のシルバーフォックスのように輝く毛皮をかき分け、首を抱きしめた。

「こんなに素敵な狼が僕の大好きな人だなんて」

そして、存分にその毛皮を堪能する。楓だってもふもふだと思っていたけれど、やはり大人の狼だ。楓のそれとはまったく違う。もっとも、楓のもふもふも大好きだけれど……！

「気持ちいいか」

「はいっ！」

笑顔で答えた結の背中を、大和は尾で撫でる。

「やっ……！」

その感覚が背中に電流を走らせて、一気に結の官能に火がついてしまった。

「もう……いたずらしないでください」

「おまえが気持ちよくなるいたずらなら、何度でも」

大和は続けて。ふぁさふぁさと銀の尾で結を刺激する。気持ちよさも、次第にもの足らなさへと変化していく。今すぐに彼とひとつになりたい。彼が狼であってもかまわない、愛してる……！

「ねえ、大和さん、ここまできてまだ僕のこと気遣ってる？」

「え？」

驚き、そしてためらいを見せる大和に、結は笑いかける。

「僕なら大丈夫……そんなに大きくして、それでも僕を思ってくれて、大和さんのその優しさが好き……きっと全部入らないとは思うけど、でも、入ってきて、僕とつながって、その先だけでもいいから……」

「獣と交わるんだぞ？　それでもいいのか？」

「だって僕は、人狼族の父と人間の母の間に生まれたんだもの。獣とか、人狼とか、そんなの関係ない。大和さんは、大和さんだよ」

「結……っ！」

大和は叫び、うつ伏せにした結の腰を掴んだ。そして、そそり立つ己をひくつく入り口から挿入させてきた。

「俺は、俺は、狼だ、止められない……っ」

「あああっ！」

大和は結の腰を掴み、何度も腰を前後させた。先端が入り、抜けていく。大和がもう放っているのか、潤滑油となったそれで、突かれる痛みはない。

「い、や……もっと、入れて……」

嫌々をする結の唇を、狼の鼻先が撫でていく。

「力を抜いて……」

鼻先の優しいキスで一瞬緩んだ身体が、ずっ――と音を立てて大和を咥え込み、ぴちゃっと音を立てて止まった。全部は入らないが、結の最奥まで届いたのだ。ぴちゃぴちゃと、大和の精液が結のなかをかき混ぜる音がする。結は泣くように叫んだ。

「うれしい……うれしい、やま、とさ……ん！」

届いている、届いているのだ。一番奥まで、彼を受け入れることができたのだ。

「結、おまえは俺の番だ」

言うなり、大和はさらに激しい律動を始めた。あふれ出る精液がつながったところから噴き出す。だが、本当の射精はここからだった。

「結、結、孕(はら)め……っ！」

「ああ、もっと、もっとちょうだい……っ」

理性なんてない。あるのは多幸感だけだ。そして大和が好きでたまらない、愛しているという思い。

抜けないままに、何度も何度も、結は大和の種を浴び続けた。

丸い月が傾き、空が白(しら)むまで。

8

ぐっすりと眠り、目を覚ました結は、恐ろしく寝坊してしまったことに気がついて飛び起きた。朝九時を過ぎているではないか！　隣には大和の姿はなく、寝坊したくせに、結はちょっとがっかりしてしまう。

（おはようの、その、キスとかしてみたかったりして……）

「あっ、いた……っ」

起き上がろうとすると、前回同様あらぬ所に違和感が伴い、足腰に力が入らない。後ろは、狼大和のかたちに開いたままなのだろうか……なんだか心許ない気がするのは。

ベッドの上で真っ赤になってしばらく。結は両頬をパン！　と叩き、気合いを入れた。

今日が楓くんの登園の日でなくてよかった。だが、今日、妖子と楓は顔を合わせることになっているのだ。ひと波乱あるに違いないと結は思っていた。

「寝坊してすみません！」

　結が足腰を激励してリビングに入るやいなや、楓が泣き出しそうな顔ですり寄ってきた。

「ゆいくん……」

「どうしたの楓くん……」

　あっ、と思い、妖子に気づく。妖子もまた泣き出しそうな顔で、目を真っ赤にしていた。

「かえたんのまま、ゆいくんだもん」

　そうして楓はさらに強く脚にしがみつく。結はこの場の様子を一瞬で理解した。すべてを見守るかのように、大和が脚を組んでソファに座っていた。

　大和はもちろん人型に戻っていて、いつものようにオフィス用のシャツをさらっと着こなしている。顔を見て真っ赤になりそうになったが、この場の微妙な空気感が、結の甘い気持ちを払拭していった。

　ちらりと大和を見ると、大和は「そうだ」という目でうなずいた。妖子は楓に拒否されたのだろう。

「そうよね……あたしがこの家を出た時、楓はまだ赤ちゃんだったから、覚えているわけないわよね。ママだなんて思えなくて当然よね」

　妖子は涙を堪えながら、自分に言い聞かせていた。楓はぷっと膨れて耳をぱたんと倒し、結のチノパンをぎゅっと握っている。

「でもね、それまではあたしが育てたのよ。置いていきたくなんかなかった。本当は連れて行きたかったのよ！」

　こんな時、なんて言えばいいんだろう。いや、妖子は薄っぺらい共感も、擁護も、何も望んではいない。ただ、そう言わずにいられなかったのだろう。

（でも、楓くんの前でこの場はよくない……）

　そうして結は妖子と目が合った。妖子は結の心を感じ取ったのだろう。納得したようにうなずいた。

「ごめんなさい。部屋で頭を冷やしてくるわ」

　妖子がリビングを走り去ったあと、楓は可愛い眉間を険しくした。

「あのひと、しらないもん。まま、ないもん」

「その通りだ。楓にとっては知らない人で当然だよな」

　大和はため息をつく。そして、意味ありげな——でも、とろけそうな甘い視線を結に送ってきた。

「起きて大丈夫なのか？　ゆっくり寝ていてよかったんだぞ」

「ゆいくん、びょうき？」

　さっと楓の顔色が変わる。ほら、楓くんは鋭いし、心配性なんだから！

結は非難と、やっぱり込めずにはいられない甘さでごっちゃになった目で、大和を見る。

「ううん、ちょっと腰とか痛かっただけ」

「ごんしたの？」

『ごん』とはぶつけた時の擬音で、楓の言葉を訳すると『どこかでぶつけたの？』という意味だ。

「うん、そうなんだ」

ぶつけてきたのは、そこでノートパソコンに向かっている男なのだが。楓の人生を左右するような場に直面しているのに、僕は何を考えているんだと自分を叱りつける。

恋人との甘く激しい夜を過ごした翌朝、大和に甘えたい気持ちはもちろんある。だが、今は楓と妖子のことが最優先だ。

「楓、ブルーレイ観るか？　おまえの好きな『RYU-SAY（リューセイ）』だぞ」

「うん！」

少し落ちついた楓は、たちまちアイドルの映像に夢中で見入り始め、大和と結はテーブルを挟んで向き合った。

「朝食は？」

「いえ、なんだか胸がいっぱいで」

大和はコーヒーを淹れてきてくれた。熱いコーヒーを口にして、結はひと息つく。

「僕、あの場に出てこない方がよかったですね」

「いや、俺も顔は覚えていないにしても、あれほど拒否するとは思わなかったから。本当は、結にあらかじめ言い聞かせてもらってからの方がよかったと思う。でも、妖子は楓に会うのが待ちきれなかったらしくて、いきなり楓を抱きしめたんだ。ママよ、って言って」

こんなに大きくなって。会いたかったわ。あたしがあなたのママよ。楓――。

妖子は興奮して、楓にキスをしまくって抱きしめたり、抱き上げたりしたらしい。楓は最初、何が起こっているのかわからない様子だったが、妖子が耳をくすぐろうとした時に、怒りだしたのだという。

『かえたん、このひと、しらないもん！』

「そこに僕が現れたんですね」

「そういうわけだ」

大和はコーヒーをひと口飲んで苦笑いする。

「やっぱりおまえが淹れてくれた方が美味いな」

「そんなことないです！　すごく美味しいです！」

結が照れながら慌てて答えると、大和は楽しそうに笑った。そしてすぐに眉根を寄せた顔に戻り、妖子のことを語り始めた。

「あいつは、天狼と並ぶ、人狼族名門の花狼家の生まれで、俺の兄貴とは子どもの頃に決められた許嫁(いいなずけ)だったんだ。それで、昔からしょっちゅうここに出入りしていたし、俺たちは同じ年で、高校も大学も同級生だった。大学では俺は医学部、妖子は文化人類学部だったけどな」

「文化人類学?」

「諸民族の文化や社会を比較研究する学問さ。あいつは博士号を取って、今も世界各地を飛び回ってるんだ」

「じゃあ、もしかしたら人狼族のことを研究して……?」

「そうだ。楓が生まれてからその思いはより強まっている。あいつが目指しているのは、日本だけじゃない、世界中に隠れ住んでいる人狼族を人間と同じ社会に復帰させること。つまり共生(きょうせい)だ」

「それ、わかるような気がします」

学問には及ばないけれど、結は人狼型の楓を育てて、感じたことがたくさんあった。

「いつも思ってたんです。どうして楓くんは耳や尻尾を隠さなければいけないんだろう。どうしてありのままを受け入れられずに、都市伝説だなんていわれて話題になるんだろうって。ほんとに、可愛い、良い子なのに」

話していて、結の目には涙が滲んでいた。やるせない、悔しい、何も悪いことをしていないのに。

「だから、人狼族も人間もごく当たり前に暮らせるようになればいいのにって。そのために何かできることはないだろうかって、ずっと考えてました。でも、今はとにかく楓くんをのびのびと、約束や決まりを守れる子に育てることなんだって思って」

大和は微笑んで、ソファの自分の隣をぽんと叩いた。涙を拭きながら彼の隣に座ると、大和は肩をぎゅっと抱いてくれた。

「本当におまえに楓を任せてよかったよ。それは妖子にも話した。感謝していたよ」

「そんな……」

楓が母である妖子を拒否して結に縋りついたシーンを思い出すと、胸が痛む。

「俺が医学部に進んだのも、圧倒的に人狼族の医者が少なかったからだ。ネットワークを組んではいても、すぐに対応できないことがほとんどで、助かるはずの者が亡くなることが多かった。それに、救急車で運ばれたり、司法解剖なんてことになったら身体の秘密がばれてしまう。隠れ住まなければならない上に、病気や怪我に人以上の制約がつきまとう。微力ながら俺もその一旦を担いたいと思った。それが、今は不動産会社の社長なんてやってるわけだが」

「そうだったんですね」

大和の同族への思いに、結は感動する。だが、大和の表情は曇っていた。

「だが、俺ひとりや、誰かひとりが医者になったところで問題は解決しない。人間の医者だって人狼族を診ることはできるんだ。腫瘍や脳溢血などの処置は同じなんだから。問題は医者を増やすことではなくて、妖子が言う通りに『共生』なんだよ。そのことについては、さんざん議論した。だが妖子が出ていってからは、目の前の仕事と楓の育児に追われて、そんなことは夢物語だと考えてしまうようになった。だが、そんな俺を変えたのはおまえだよ」

大和はちゅっと結の唇を奪った。結は慌てて楓をみる。楓はノリノリで『Hey!（ヘイ） Baby（ベイビー）』に合わせて踊っている。尻尾がぴょんぴょん跳ねて、とっても可愛い。

（楓くんがそこにいるのにっ）

昨夜の甘い雰囲気が少し戻ってきたが、結は不意打ちのキスにかまえるべく、唇を引き結んだ。

「おまえってやつは本当に可愛いな。ますますいろんなことを教えたくなるよ」

「まずは税理士の実務からですっ。それで、僕が何をしたって……」

無理矢理話題を引き戻すと、大和はふっと意味ありげに笑って、真面目な顔をした。

「おまえが楓のことで壁にぶつかるたびに、俺も一緒に考えることができた。俺にはないおまえの感性に刺激されて、俺も、楓のありのままを受け入れないこの世界を変えたいと思うようになっていったんだ」

結は目を瞠った。大和さんがそんなことを考えていたなんて……。

「インスタで画像が流れて、妖子が見ていればきっと帰ってくるだろうと思っていた。帰ってこなければ連絡しようと思っていた。それで、楓のプレスクールだが、立ち上げメンバーの『Ｙｏｋｏ（ヨーコ）』は、やっぱり妖子のことだった」

「そうなんですか？」

「資料によれば、あのプレスクールのテーマも共生だ。だから、人種性別を問わず、様々な子どもを受け入れている。発達や成長、心にハンデや悩みがあったり、楓のように、外見を隠したい子もいる。先生たちも人種性別、年齢、多種多様だ。その理念を知った時、妖子の顔が浮かんだんだ」

「じゃあ、楓くんがここに入園したのは、すごい偶然だったんですね」

「いや、必然だと思う。妖子は楓がのびのびと過ごせる園を想定して、コンセプトを提案したと言っていた。だから、すごく喜んでいた。母が子を引き寄せたんだ、俺もそう思った」

「そうだったんですね……」

「日本にはまだ、そういう施設は少ないそうだ。最終的な目標は、人狼族と人間の共生。俺も妖子に協力したいと思っている。……とまあ、昨日はそんなことを話していたんだ」

「僕も、僕にできることをやりたいです。でも……」

　結はまた涙の滲んできた目で、大和を見上げた。

「楓くんはやっぱり、お母さんと一緒にいるべきですよね」

「……おまえはそう思うのか？」

　大和は真摯な目で確認してくる。

「お母さんがそういう研究や活動をしているなら尚更です。ここで、シッターの僕と一緒にいるよりも、お母さんの元で育つ方がいいと思います。今はちょっと難しいかもしれないけど、すぐにお母さんが大好きになると思います」

「そうだな……」

　大和の返答は歯切れが悪かった。

「妖子が人狼族について研究や活動をしていることを、兄はよく思っていなかった。兄は保守的で、人狼族は細々と長く続いていけばいいという考えだった。妖子は研究で家を空けがちだったし、楓が生まれてからは、楓を連れて研究に回りたいと言って、兄に完全に拒絶されたんだ。それで、妖子は楓を置いて家を出ることになった。離婚して親権を取ることも叶わなかった。出て行く時、あいつは泣きながら楓を頼むねって何度も俺に頭を下げて……それなのに俺は、結が来るまで楓に十分なことをしてやれなかった」

「お兄さんが亡くなられた時も、妖子さんは帰ってこなかったんですか？」

「帰ってこなかった」

大和は遠くを見るような目をした。

「俺から連絡したけれど、私が行っても上総さんは喜ばないからって」

「そんな……」

「兄は、先祖返りの楓をそれこそ奉るように溺愛していた。楓は何も覚えていないけどな。俺はあの時、妖子が楓を引き取るべきだと思ったが、妖子は帰ってこなかった」

「どうして……」

「わからん。今回帰ってきたのは、それこそ楓の写真が拡散されて、心配だったからだろうが」

「ゆいくん、やまとくん」

そこへ、とことこと楓がやってきた。二人が寄り添っている膝の上に、よいしょと登ってくる。

「『Hey! Baby』何回も観てたね」

「うん、かえたんね、りつくんがだいしゅきなの」

「あとでいっしょに踊ろうね」

「わあい」

楓は耳をぴん！　と立ててバンザイをする。

「俺は、楓が幸せならば、妖子と一緒に行っても、ここに残ってもどちらでもいいんだ」

不意に大和はそういった。さりげない口調だけれど、大和が楓を愛する思いがしっかりと裏打ちされていた。

「『生まれてきてくれてありがとう』か……いい歌だな」

楓と離れるのは淋しい。だが、楓くんはお母さんと一緒に行った方がいいんだ……結はもう一度、自分の心を確かめた。


楓が昼寝してから、妖子はリビングに姿を出した。楓の顔を見たいだろうに、拒否されたことがよほど辛かったのだろう。

「大和は？」

「オフィスにいます」

「そうか、不動産業がんばってるのね。大和はきっと素敵なドクターになったと思うんだけどな。あ、ブランチ作ってくれたの？　嬉しい、いただきます！」

妖子は元気に（カラ元気かもしれないが）てきぱきと話し、結が作ったハムエッグとトーストを食べ始めた。

「うーん、誰かが作ってくれるブランチ、最高！」

「ごめんなさい、これくらいしかできなくて」

「何言ってるの。十分なごちそうよ。コーヒーも美味しい！」

妖子と話したいこと、聞きたいことをどう切り出そうか……考えていたら、妖子の方から攻めてきた。

「ねえ、単刀直入に聞くけど、あなた、大和のステディなんでしょ？」

「ええっ！」

いきなり直球を投げられ、結は大きな声を上げた。

「ふふっ、大和ね、あなたのことを話す時、本当に幸せそうなのよ。それに、あなたは見るからにダダ漏れだし」

「そっ、そうなんですか？」

「そうそう、そういうところ。いいじゃない、幸せなんでしょ」

「は、はい……っ」

結がはにかむと、妖子はますます楽しそうに笑う。コーヒーのおかわりを所望され、結は真っ赤になりながら二杯目のコーヒーを淹れた。

「大和は男でも女でもいけると思ってたけど、こんなに可愛い子を捕まえちゃうなんて、やるわね」

「可愛い子じゃありません。もう二十三歳です」

「何歳になっても、あなたは大和の可愛い子で、可愛がられ続けるの」

可愛がられる……そんな言葉を聞くと、昨夜のあれこれを思い出してしまう。妖子はすべてお見通しのようだった。

「大和はいいヤツよ。男気(おとこぎ)があって、優しくて。上総さんは立派な人だったけれど、私をひとりの人間として認めてくれることはなかった。あの人にとって妻は所有物で、私は反抗したから家を出されたってわけ」

話が急にディープになる。妖子は、ふふっと笑った。

「急におかしなこと言い出してごめんね。大和も言ってたけど、あなたにはなぜか自分をわかってもらいたくなっちゃう。そして、いろんなことを教えたくなっちゃう……」

「おかしなことなんかじゃありません。それは妖子さんが経験されたことであって……！」

「あなた、本当にいい子ね。あの天空のおじいさんの孫だって聞いたけど、天空のいいところを全部、受け継いだって感じ」

ああ美味しい、と妖子はコーヒーを飲む。そして、話を続けた。

「人狼族の天狼家と、人間の天空家は、昔、本当によい関係を築いていたのよ」

「妖子さんは人狼族と人との共生を研究しておられると聞きました」

「ええ。共生という意味では、昔の天狼と天空の関係がモデルね。もちつもたれつ、主従の関係だったけれど、互いの違いを認め合って生活を高めていたわ。文献にしっかりと残っているのよ」

「書庫にたくさんありました」

「ええ、そう、それこそむさぼり読んだわ。古文書だったから大変だったけど」

あれを全部？　さすがに研究者だなあと、結は感心してしまった。

「でも、次第に歴史の流れと共に人狼族は衰退し、徒党を組むことができなくなった。天空を始めとする、天狼家ゆかりの人間の中にも、獣を嫌う者も出てきて、みんな散り散りになった。でも、人狼族は確かに今も生きているのよ。人間の陰で。だから、まずは縁を結ぶことが大切だと思ってる。人狼と人との縁を」

「僕の名前は、縁を結ぶという意味があるのだと、母が言っていました。母は天空の者で、父は人狼族だったそうです。人狼を嫌う祖父に結婚を認められなかったと……」

「お母さまは、あなたに思いを託されたのね。憎しみも偏見もない、人狼と人のつながりを」

「はい」

それしか言えなくて、結もまたハグを返した。

感極まったのか、妖子は結を抱きしめた。妖子の親愛が心に染みこんでくるハグだった。

「ありがとう、大和と出会ってくれて。そして、楓を健やかに育ててくれて……」

振り返ると、お約束のように、そこに大和が険しい顔で立っていた。

「おい、何をしている」

「やあねえ、親愛のハグもわからないの？　結くんが可愛くてたまらないから思わず抱きしめちゃったの。ジェラシーならジェラシーとはっきり言いなさいよ」

「あっ、あの、僕も妖子さんが素敵だったから……」

渋い顔をしていた大和は「まあいい」と椅子に座った。ジェラシーって……結は、また心臓を速くする。妖子は笑っていたが、やがて大和の表情が真剣なものに変わったことに気がついた。

「妖子、おまえ、どうして兄貴が亡くなった時に楓を引き取らなかった」

「自分が許せなかったからよ」

妖子は固い表情で答えた。

「いくら天狼の家を追い出されたとしても、やろうと思えばどうやってでも、楓を連れて出られたわ。でも、あたしはそうしなかった。『子どもを育てるのに適した状態ではない』と判断されて親権が取れなくて、悔しくて自棄になって意地を張って、最も大切なものを見失ったの。結果的にあたしは楓を捨てたのよ。だから、今更あの子の母親ですなんて言えなかった。でも、会いたくて、抱きしめたくて身体が引き裂かれそうだった」

妖子はグラスの水を一気に飲み干した。そして、怒濤のように話し続ける。

「でも、今回はあの子の写真が拡散されて、居ても立ってもいられなかった。今更勝手かもしれないけれど、母親として守らなければと思ったのよ。だから楓に『ママよ』って言ってしまった。まさか……まさか拒絶されるなんて思わなくて」

「おまえが楓を連れて行きたいなら、俺と結は協力する」

妖子は「えっ？」と、顔を覆っていた手を外した。

「でも、あの子は、自分のママは結くんだって……」

「僕は楓くんのシッターです。楓くんはああ言ってくれたけれど、ママにはなれません。

でも、僕は楓くんのことが愛しくてたまらないです。幸せになってほしいです。そのためには、こんなにも楓くんを愛しているお母さんと一緒にいる方がいいんだって思うんです」

肉親といることが必ずしも幸せでないことを、結は祖父を通して知っている。それは、祖父が結を愛してくれなかったからだ。

「俺たちは、楓が幸せならそれでいいんだ」

「あ……りがとう……」

二人の言葉に、妖子は再び顔を覆って泣きだした。


妖子はニューヨークに部屋を借りているが、楓の出国審査は現状難しいので、しばらく国内の人狼族を訪ねて回るということだった。

「大和も一緒に行ければいいんだけどね」

彼女はそう言ったが、大和はいくつか離れられない案件を抱えていた。

「天空の里も見てきてくださいね」

結が言うと、妖子は懐かしそうに笑った。

「小学生の頃、夏休みに遊びに行ったことがあるのよ。手つかずの自然がいっぱいですごく空気が美味しかった！」

「今もあんまり変わらないんじゃないかな」

そう言いながら、結は、来年の夏は楓を連れて行こうと考えていたことを思い出した。

それはもう叶わないけれど、いつかまた妖子さんと訪れてくれたら……。

楓は、妖子が国内を回る時に一緒に家を出ることになっている。

最初、妖子を拒絶した楓だが、結の橋渡しもあり、二人は少しずつ仲良くなっている。

楓は妖子を「ようこたん」と呼び、妖子は自分のことを「ママ」と言わないように努めていた。そして心を決めた結は、楓に妖子が『ママ』であることを、心を込めて説いた。

これがシッターとしての最後の仕事だと思いながら。

「もし、楓が心を開かなかったとしても、自分が誰から生まれたのかを知ることは大切だろう」

大和はそう言い、結も心からそう思った。記憶を奪われ、親を知らずに育った。自分がそうだったからだ。

だが、三歳児相手に、それはとても難しいことだった。だから、結は事実を端的に伝えようと思った。

「楓くんはね、ずっと妖子さんのお腹の中にいて、もうお外に出たいよー、って言って、五月五日に生まれてきたんだよ。それが楓くんのお誕生日」

「おたんじょーび、しってる！　りゅーせいのおうた！」

「うん、そうだね『♪毎日誰かの誕生日』誕生日っていうのは、楓くんが妖子さんから生まれた日なんだよ。とっても可愛い狼の赤ちゃんだったんだって」

そうして結は、妖子が生まれたばかりの楓と一緒に映っている写真を見せた。楓は、狼の姿で生まれてきたらしい。出産を終えたばかりの妖子の頭にも、耳が生えていた。

二人が一緒に映っているのは、大和のスマホのデータに残っていたこの一枚だけ。大和の兄の上総は、二人のすべての写真を処分してしまったらしい。

楓がやっと一歳になった頃のことだ。カタコトが話せるようになった楓が「まーま」と言った時、上総は「楓にはママはいない」と言い切った。そして兄から楓を託された大和は、いつこの写真を見せようかと悩んでいたという。

「だから、僕は楓くんのママじゃないんだ。楓くんを産んでくれた妖子さんがママなんだよ」

「この写真は俺が撮ったんだ。楓が生まれた時、妖子は嬉しくて泣いていたよ」

楓は写真をじっと見つめていた。言葉で聞くよりも、写真を見て感じるものがあったようで、大和と結を見上げ、耳をぴんと立てた。

「ようこたん、かえたんのママ？」

「うん」

結は楓を抱き上げた。たった半年だったけれど、大切に大切に育てた。いろいろ悩んで奮闘したけれど、楓から教えられる方が多かった。

「楓、ママはもう少ししたら、ここからいなくなる。楓はママと一緒に行くんだ。楓は、これからママと一緒に暮らして、たくさん、たくさん幸せになるんだ」

「やーの。かえたん、ゆいくんと、やまとくんと、ようこたんといっちょがいい！」

「ダメだ！」

大和は強く言い切った。

「おまえは、妖子ママと幸せになるんだ。俺も、結も、おまえのママにはなれないんだ……」

結は黙って聞いていた。そう言わなければならない大和の思いが痛いほどにわかって、涙を懸命に堪えた。

「……かえたん、ようこたん、ママにする」

妖子をママにする。楓は、ぽつんと答えた。

それから一週間、結は楓の出発の準備に精を出し、楓にも、妖子にも努めて明るく振舞った。二度と会えないわけじゃない。でも、次に会った時には、僕のことを忘れているかもしれない。

でも、それが成長というものなんだ……結は自分に言い聞かせた。楓はここを出て行くということが理解できているのかいないのか——だが、小さなスーツケースが気に入って、あれを持っていく。これも持って行くと言いながら、結と一緒に荷造りを楽しんでいた。

妖子は楓に「ようこたんママ」と呼ばれ、楓を抱きしめて泣いた。

「本当に、妖子ママと一緒に行ってもいいの?」

「うん。ようこたんママは、かえたんのようこたんママだから」

楓は自分なりの言葉で淡々と伝えていた。

(これで本当によかったんだろうか)

楓のよそよそしい口調が気にかかり、結はこの時初めてそう思ったが、すぐにその思いを打ち消した。

(子どもは順応性が高いから、きっと大丈夫。すぐに慣れて、ママが大好きになる)

一方、大和も何かを吹っ切るように仕事に没頭(ぼっとう)していた。少しずつ、日常が変化していく。だが、天狼家に訪れた変化は、これだけではなかった。

「お世話になりました」

月森が大和と結に向かって、深く頭を下げた。月森は「天狼不動産」を辞めることになっていた。そのうち起業するとのことで、屋敷からも出ていくことになったのだった。

「結さん、さんざん八つ当たりしたり、酷いことをしてすみませんでした。あんなに我を忘れることは、この先もないでしょう。でも、今は却って何もかも……すっきりしたような気がします」

折り目正しい言葉には、いつも感じていたような刺々しさはなかった。

「僕の方こそ……いろいろお世話になりました」

「天空の里のことですが……」

頭を下げると、月森は淡々と説明を始めた。

「私たちは、あの広大な自然豊かな土地を買い上げ、リゾート開発を進めるつもりでした。ですが、天空翁は絶対に手放さない。だから、相続したあなたを丸め込むつもりでした。でも、あなたが来てから大和さんは変わった……。あなたのものを守ろうと、私の話に耳を貸しませんでした。今後は、どうぞお二人で相談して、有効活用されますように」

「月森」

では、と踵を返しかけた彼を、大和は呼び止める。

「おまえの気持ちに気づけなくて、すまなかった」

大和の真摯な目を見て、月森は切れ長の目を伏せた。

「いいえ」

彼が言ったのはそれだけだった。短い言葉を残して去って行く彼の後ろ姿を見送りながら、結は淋しさを感じていた。あんなに苦手だった人なのに、憎しみをぶつけられた人なのに。

「ねえ、大和さん」

結は大和の腕をぎゅっと握った。

「人狼族と人との共生について、僕なりにできることを考えたんだ。天空の土地を、その、共生の里っていうか、拠点みたいにできたらいいなって、ずっと考えてたんだけど……どうかな。まだまだ先のことかもしれないけど」

「ああ、そうだな。いい考えだ」

大和は結に笑いかける。

「妖子にも話して、一緒に考えていこう、これから、二人でずっと……」

じわじわと淋しさと幸福感が押し寄せる。大和の腕の中で、結はただ「うん、うん」とうなずいていた。

明日は、楓と妖子の出発の日だ。

＊＊＊

「じゃあ、本当にお世話になりました。あなたたちもニューヨークに遊びに来てね。私がこちらに来ることの方が多いかもしれないけど。結くん、天空の里のこと、本当にありがとう。必ず実現させてみせるわ。大和くんも今後もよろしくね、またメールするから」

「僕もお役に立てて嬉しいです。じゃあ……楓くん、元気でね。きっとまた会えるから、結くん、さよならは言わないよ」

「楓、元気でな」

大和は目線を合わせ、楓の頭を撫でた。

挨拶は、さらりとしようと決めていた。そうでないと、泣いて泣いて、どうしようもなくなるから。

楓は耳をぱたんと倒し、口をぎゅっと引き結んでいた。

「楓、結くんと大和くんにごあいさつしようね。今までありがとうって」

妖子に促された楓は、困ったような顔をして、倒れていた耳をぴくぴくさせた。そして、突然声を張り上げる。

「かえたん、いかない！」

「楓！」

戒めるように答えたのは大和だった。だが、その声は微かに震えていて――。

「かえたんのおうち、ここらもん！　ようこたんママのおうち、かえたんのおうちとちがうもん！」

そして、結の脚にぎゅっとしがみつく。

「かえたん、ゆいくん、だいしゅきなんだもん！　ママちがうけど、さよなら、いやだもん……っく」

楓はひっくひっくと泣きだした。

「やまとくんのおうち、かえたんのおうちらもん……」

なんと言えばいいのかわからない。だが、今まで我慢していただろう楓の気持ちを思うと、せつなくて胸が張り裂けそうだった。

「妖子、これは……」

「……なんとなく、こうなるような気がしてたのよね」

大和を遮り、妖子はため息交じりに微笑んだ。

「ずっと悩んでいたのよ。ここで幸せに暮らしているこの子を、あなたたちから引き離していいのかって。産んだのは私でも、育てたのはあなたたちだわ。でもね、この数日、楓にママって呼ばれて嬉しかった。……幸せだったわ」

そして妖子は、さっと顔を上げる。

「選択はいろいろあると思う。どの選択が正しいのかなんて、過ぎてみないとわからない。でも、あたしは今、楓を心から愛して、楓が心から愛する人たちのところに留める選択をするわ」

妖子は結に抱っこされている楓に、笑顔を近づけた。

「楓くんはずっと、結くんと大和くんの側にいていいのよ。本当に、ここがあなたの家だから……あたしはひとりで行くわ。でも、時々楓くんの顔を見に来てもいい？」

「ようこたんママは、かえたんのママ」

楓は満面の笑みで、妖子の頬にちゅっとキスをした。それがすべての答えだった。妖子の目から涙がぽろぽろあふれて止まらない。楓は、妖子の頭をなでなでした。

「ないたらやーのっ」

「嬉しい時に、泣けちゃうこともあるんだよ」

そう言った結の目にも涙が溜まっていた。

「妖子が楓の母親であることは変わらない。これからは、おまえも楓を一緒に育てていくんだ。『共生』の実現を目指してな」

「もうっ、大和くんたら、最後にいいこと言ってこれ以上泣かせないでよ、メイクがめちゃくちゃよ。そうだ、あなたたちへのはなむけに、結くんにいいこと教えてあげる。このカッコつけは、きっと言ってないと思うから」

「妖子、それは追々（おいおい）に伝えようと……」

「えっ、なんですか？」

結に向けて、妖子はいたずらっぽく、ふふっと笑う。

「人狼族の直系の雄はね、男でも妊娠させることができちゃうのよ。特に、結くんは人狼族の血が混じってるから高確率！」

「えーーーっ！」

心底驚いた結の隣で、大和は「やられた」という感じで頭を抱え込んでいる。

「楽しみねえ、もうすぐ、楓くんに弟か妹ができるかもよ」

きょとんとした楓の鼻先をちょんとつつき、妖子は来た時と同じように颯爽（さっそう）と去って行った。まるで、小さな台風のように。

「あの、大和さん、さっきの話、本当なんですか？　あの、赤ちゃんができるって……」

「本当だ。まったく……俺から話そうと思っていたのに」

大和は苦虫を噛み潰したような顔で、ため息をついた。

「満月の夜に限って……人狼族の直系男子には月からそういう力が備わるらしい」

（あっ、だから孕めって言ってたのか……）

そんなことを思い出し、顔が熱くなる。

「結」

大和は楓を抱き上げ、結をまっすぐに見た。

「俺と結婚して、楓の弟か妹を産んでくれないか？」

「や、大和さん……」

「かえたんのおとーと、いもーと？」

不思議そうに訊ねる楓に大和は幸せそうな笑顔で答える。

「ああ、赤ちゃんが生まれるってことだ」

「あかたん！」

楓は興奮して、結の手をぐいぐい引っ張った。

「あかたん、ほしい！　いっぱい！」

い、いっぱいって……。

「……嫌か」

不安げに大和が訊ねてくる。結は、深く頭を下げた。

「嬉しいです。嬉しすぎて……あの、よろしくお願いします」

「あかたん、いっぱい！」

「か、楓くん、もうわかったから」

真っ赤に染まった耳朶に、大和は唇を寄せてくる。

「その件については、あとでゆっくりりな」

「ゆいくん、おかおまっか！」

ああもう……幸せだけど恥ずかしい……。

そして大和は、きりっとした顔で、結に告げる。

「おまえはもう、シッターじゃないから、明日からは税理士として働いてほしい。俺たちは家族だ。働きながら二人で楓を育てて行こう。また増えるかもしれないしな」

「はい、がんばります！　仕事も、子育ても、そしてあの……赤ちゃん、も」

「あかたん、いっぱい！」

天狼家の玄関に幸せな笑い声が響きわたる。
次の満月までは、あと一週間——。

エピローグ

満月の夜が幾度か巡った。

楓は五歳になり、元気に例のプレスクールに通っている。人型になる術は身につけたものの、今は耳も尻尾も隠さず登園している。

半年前、妖子が発表した論文はセンセーショナルを巻き起こし、各地に隠れ住んでいた人狼たちのカミングアウトが増えてきている。楓と大和も、プレスクールで自分たちは今、話題になっている人狼族であることを話し、楓は人狼姿で登園することを告げた。

「人狼といっても、人間に害を加えることはありません。ごく普通に、当たり前に人間と同じように生活しています。好奇の目は辛いものです。人狼の子どもたちのためにも、SNSで拡散するようなことは、どうかお止めください。それは人間のお子さんと同じことではないですか？」

大和の話に反応は様々だったが、共生を目指していた園だけあって、比較的スムーズに受け入れられていった。噂を聞き、他の人狼族の子どもたちも入園してきたが、大人よりも子どもたちの方が早く彼らを受け入れ、その輪は広がりを見せている。

妖子はグローバルに飛び回っているが、拠点は日本だ。天空の里を共生の拠点にすべく、大和との協力体制は続いており、頻繁に日本に帰ってくる。

そして結は――。

税理士として大和を支え、いきいきと働いている。

「ねえ、会うたびにきれいになるんじゃない？　それに、今回なんだかすごくまろやかになったというか……」

帰国した妖子に言われ、結は料理をしながら、キッチンカウンターの向こうで照れて微笑む。

「そんなことないですよ。仕事もまだまだ覚えなくちゃいけないことがたくさんだし、楓くんはますますやんちゃになるし、自分のことは後回しです」

「そーいうのじゃないのよ。なんていうのかな、雰囲気が……まあ、それだけ大和くんに愛されてるってことよね」

「あのね、ようこママ」

楓は妖子に耳打ちする。楓の呼び方は「ようこたんママ」から「ようこママ」へと進化したのだった。

「ゆいくん、あかちゃん、くるんだよ」

「えっ、そうなの？」

「うん、さくらのおはながさくくらいにくるんだって。かえくん、すっごくたのしみなの」

「あーそうか、やっぱりね」

「何か言いました？」

結がカウンター越しに問いかけると、妖子はうふふと笑った。

「おめでとう」

「えっ？　あっ？　え？」

結は慌てて、フライパンの中身をひっくり返しそうになったのだった。

おわり

あとがき

セシル文庫さまでは八冊めの本となりました。こんにちは。墨谷佐和です。

「人狼社長に雇われました」という、タイトルそのままの今作、狼獣人を書かせていただくのは二度目ですが、今回は、人型、獣人型、狼型、と三変化します。どういうタイミングで、どういう状況下で変化するのかが大きなポイントだったかなーと思っております。特に、狼と満月というシチュエーションは外せません！　となると、アレしかないだろう、そう、アレだよ！　と書きながら興奮しておりました（変態か）。

狼は一生に番を一頭しかもたないということがとても愛おしいです。結と大和もきっとそうだと思って書きました。

そして今回の王子さま、かえたん。寝る時は狼姿に戻ってしまうという設定が我ながら可愛くて可愛くて、ああああーーーーと萌えて変な雄叫びを上げてみたり、ありのままを受け入れてもらえない彼に涙したり、感情が忙しかったです。

攻のやまとくんは何気にスパダリでした。真っ白な結に惹かれ、やがてめちゃめちゃ可愛がるようになります。ようこたんママではないですが「いつまでも可愛い子で可愛がられ続ける」ことは決定事項なのです。そして受の結。彼のテーマは「縁（えん）」です。その名の通り、彼が結んだ縁がまたつながり、多くの幸せが生まれたらいいな、書き上げた今、そんな思いでいっぱいです。もうひとつ大きすぎるテーマ「共生」を掲げておりますが、キャラを通し、少しでもこのテーマに触れられたことが嬉しいです。

担当さま、今回もお世話になりました。

みずかねりょう先生、先生が描いてくださるキャラを拝見することを思うと、今からドキドキが止まりません。ありがとうございます！

最後になりましたが読者さま、コロナ禍（か）が続いておりますが、どうぞ心身共にお元気でいらしてください。そしてまた、次の本でお会いできますように。

二〇二二年八月　金の稲穂が揺れる頃に　　墨谷　佐和

セシル文庫をお買い上げいただき、ありがとうございます。
この本を読んでのご意見・ご感想・ファンレターをお待ちしております。

☆あて先☆
〒154-0002　東京都世田谷区下馬6-15-4
コスミック出版　セシル編集部
「墨谷佐和先生」「みずかねりょう先生」または「感想」「お問い合わせ」係
→Eメールでも OK！　cecil@cosmicpub.jp

人狼社長に雇われました ～新人税理士はベビーシッター?～

2022年 10月 1日　初版発行

【著者】　墨谷佐和
【発行人】　相澤　晃
【発行】　株式会社コスミック出版
〒154-0002　東京都世田谷区下馬 6-15-4
【お問い合わせ】　- 営業部 -　TEL 03(5432)7084　FAX 03(5432)7088
- 編集部 -　TEL 03(5432)7086　FAX 03(5432)7090
【ホームページ】　http://www.cosmicpub.com/
【振替口座】　00110-8-611382
【印刷／製本】　中央精版印刷株式会社

乱丁・落丁本は、小社へ直接お送り下さい。郵送料小社負担にてお取り替え致します。
定価はカバーに表示してあります。

ISBN978-4-7747-6415-3 C0193

セシル文庫